マルセル・プルースト

プルースト

●人と思想

石木 隆治 著

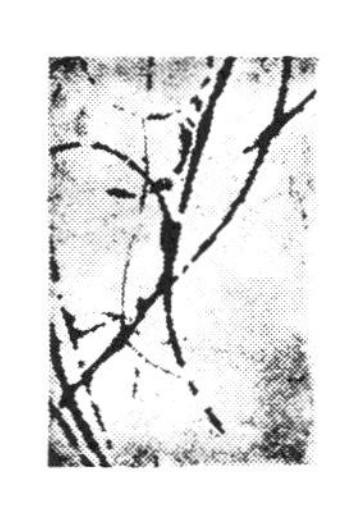

127

はしがき

マルセル・プルーストはフランス二十世紀の文学史の中で、セリーヌと並ぶ代表的な作家であり、現在次々と生産されている文学に強い影響を与えている。世界文学の中でもカフカ、ジョイスと並び称される現代文学の古典である。

現代文学の古典というと、それだけでとっつきにくそうな印象があるが、幾つかの現代文学が持っているような実験的、前衛的な姿勢は少しもない。むしろ作者が生きた十九世紀末のパリのきわめて洗練された文化の中に、らくらくとすみずみまで浸っており、非常に優美である。非常に優美であるけれども、われわれがふつう小説に対して持っている観念とはやはりいささか異なる作品であることも事実だ。彼の本当の独自性をうまくつかむことはなかなか難しい。ましてフランスから遠く離れた極東の島国に住むわれわれには、彼のオリジナリティーを理解できるだろうか。

ところがわれわれ日本人はある点ではプルーストをかなりよく理解できる民族なのだ。それは、わが国の審美感(しんびかん)とプルーストの美学の間にどこか共通するものがあるからだろう。たとえばこういうことがある。フランスの北部、イール＝ド＝フランス地方やノルマンディー地方では五月になると、りんごの木が白い花をいっぱいにつけて大変美しい。ちょうどわが国の桜のようなものである。

これを一般のフランス人はことさら愛でたりはしないのだが、プルーストと、そしてシスレーら印象派の画家たちはこの白い花の美しさにきわめて敏感で、りんごの木にいっぱいに咲いた花のことを作品の中で繰り返し描いている。

よく日本人には美しく聞こえる秋の虫の音が、外国人には雑音にしか聞こえないといわれるが、そういう意味ではプルースト（と印象派の何人かの画家）は日本人に似た感性を持っているともいえる。つまり自然の持つ微妙なニュアンスを敏感にかぎわけたりする点に関して非常に優れているのである。ちなみにプルーストの時代のフランスでは、ジャポニスムの影響のせいで、優れた美的感覚を持つ人のことを「日本人」と呼ぶことがあったことも思い起こしておこう。実際、ガラス工芸家のエミール・ガレや詩人のロベール・ド・モンテスキューはそう呼ばれたのである。われわれ日本人は、政治思想や宗教といった高度な抽象的思考は外来のもので間に合わせ、『源氏物語』や浮世絵に代表されるような感性的な表現の世界を得意としてきた。そうした感性のゆえに何人かのデザイナーがパリで成功することが起こるのだろう。そうだとすると、ごく私的な感覚の世界に徹したプルーストの世界はわれわれには決して難しくないともいえる。

実際、プルーストの五感の感受の豊かさは驚くほどで、彼の文章を読んでみればそのことがすぐわかる。彼の文体の中には視覚や、聴覚、味覚、嗅覚、そして触覚がまるでオーケストラのように響き合って独特のハーモニーを作り上げている。彼の文体に込められているのはそればかりではない。そこに微妙で上品なユーモアが漂い、また人間性に対するモラリスト風の鋭い観察もある。プルーストの作品は何よりもまず、じっくり味読することによって、その魅力を知ることができるものばかりである。

だが言い換えると、そうしたプルーストの魅力を味わうには、ある意味では作品全部を読む必要がないということになるかもしれない。微妙なニュアンスを残らず拾い上げようとする、あのうねるような文体を丹念に追っていけば、こうした魅力をかなりよく味わうことができる。実際そういう読み方を推奨した作家もいた。たしかにフランス語の原文にして三〇〇〇ページをゆうに超すこの超大作を読み通すには、かなりの忍耐と時間を必要とするから、数ページだけ読んですませるというのも一つの方法であろう。しかしそれではこの巨大な小説の魅力の半分しかわかったことにならない。

この小説の魅力の残り半分は、主として作品の構成、形式にかかわっている。構成、形式というと無味乾燥な印象を与えるが、プルーストにあっては詩的な道具立てを使って構造を作ったり、対照の妙によってのみ浮かび上がる感動を示すためにシンメトリの形式を用いたりしている。たとえば、「お茶に浸したプティット・マドレーヌ」とか「ゲルマント大公妃邸の不揃いな敷石」といった有名なエピソードは、作品の基本的な構造を作る礎(いしずえ)となっているので有名なのである。しかしこの膨大な小説の構造は、全部をざっと読んで大まかなストーリーを知れば、それでわかるような構造ではない。それというのも、この複雑な構成は多くの場合隠されていて、一読して簡単にわかるというふうにはしつらえられていないからである。『失われた時を求めて』にはストーリーはあるが、それが十九世紀以前の小説のような重要性を持たない。だからこの作品の粗筋を知っているということは必要なことだが、それで十分というわけではないのである。そういうわけでこの作品の全貌を知るということは、それが可能だとしての話だが、なかなかの困難を伴う。

わが国ではプルーストの全集が刊行されているばかりか、プルーストについての優れた研究書も数多く出版され、海外の重要な研究書も幾つか翻訳されている。だが、プルーストの入門書というのは、本書が最初になるのではないだろうか。したがって本書では、プルーストという人がどのような人生を送ったか、あるいは『失われた時を求めて』という小説がどのような作品であるか（その粗筋も含めて）、基本的な事柄を紹介している。そうした基礎的な紹介を行いながら、この小説の魅力がどのへんにあり、またどこが新しいのかを、最新の研究成果も利用しながら、一般読者に示すことが本書の野心である。小さな体に大きな野心だ。ただ著者の能力の問題もあるから、これがうまくいったかどうかはあまり自信がない。また思わぬ誤りもあるかもしれないので、お気づきの向きにはご叱正をいただければ幸いと考えている。

目次

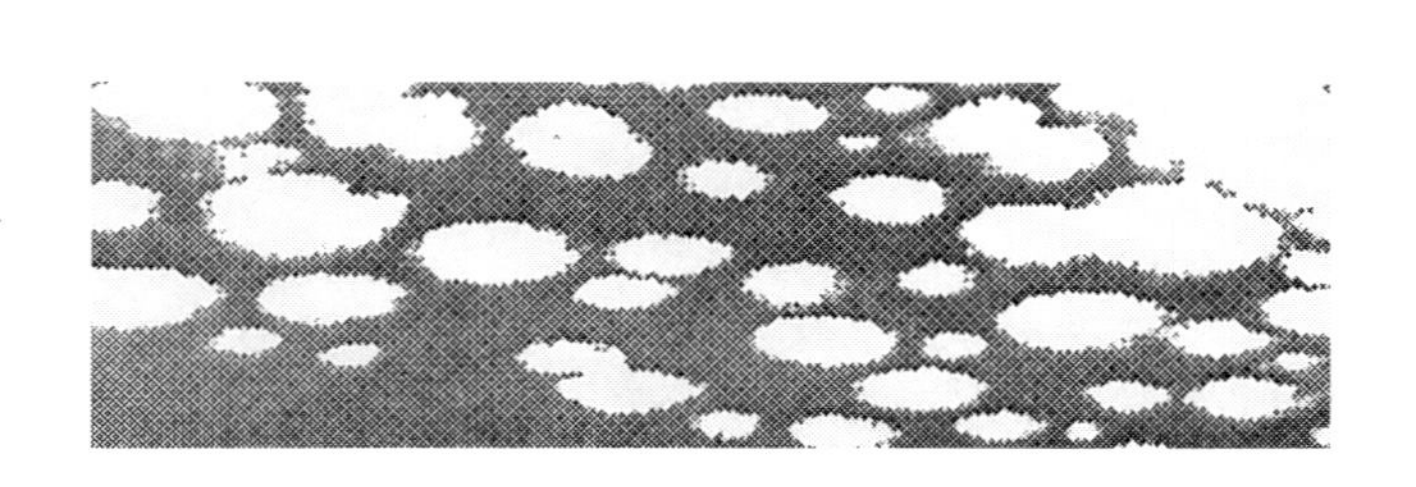

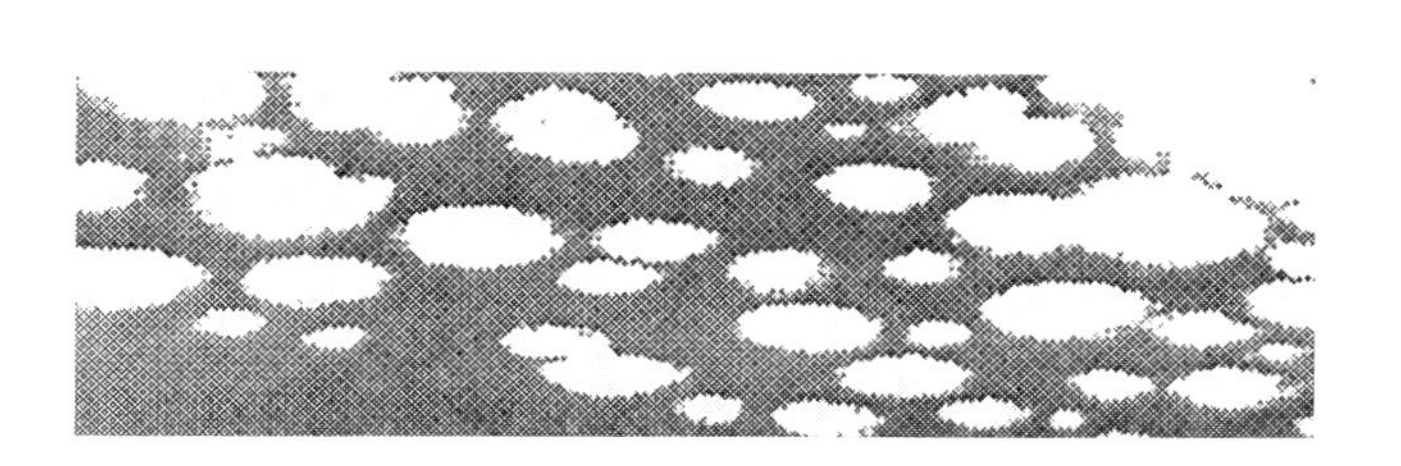

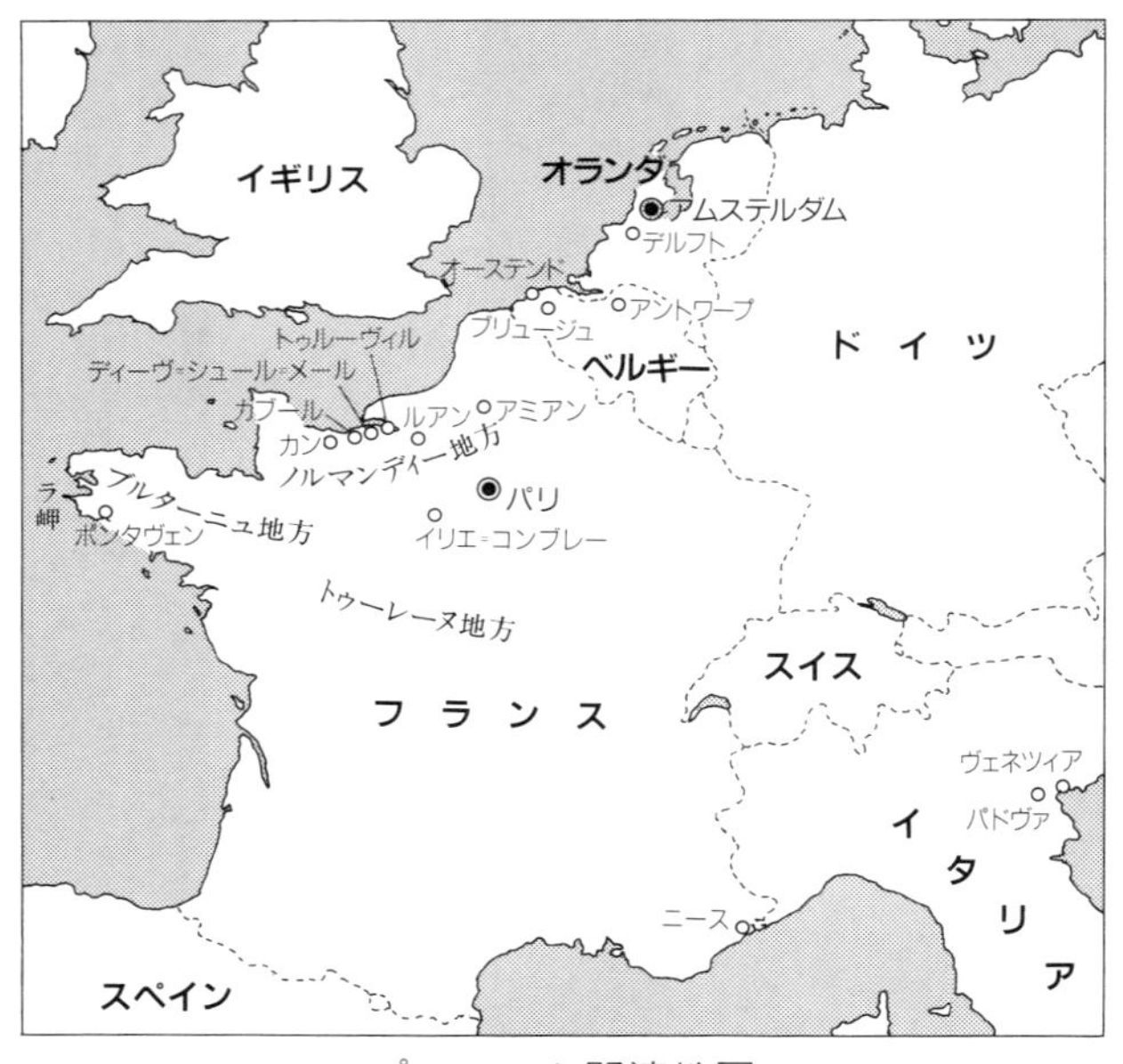
イギリス
オランダ
アムステルダム
デルフト
オーステンド
アントワープ
ブリュージュ
トゥルーヴィル
ディーヴ=シュール=メール
カブール
カン
ルアン
アミアン
ベルギー
ドイツ
ノルマンディー地方
パリ
ラ
岬
ブルターニュ地方
ポンタヴェン
イリエ=コンブレー
トゥーレーヌ地方
スイス
フランス
ヴェネツィア
パドヴァ
イタリア
ニース
スペイン

プルースト関連地図

第一部　プルーストの生涯

プルーストの過ごした人生の軌跡というのは、一般のフランス人から見るとあまり好感の持てるものではないらしい。わが国にいてフランスの作家を考える際に重要なのは作品であって、人生は二の次になるから、彼がどんな生涯を送ろうがどうでもよいことだが、フランス本国にいて、直接、間接にさまざまな情報が入ってくると、作家についてのイメージが知らず知らず作られて、それがまた作品のイメージを規定するということもあるだろう。筆者が直接に接した例でいうと、一流の知識人にはそんなことはありえないが、プルーストについて少しは知っているような、ほどほどのインテリ、町のお医者さんとか、場合によってはプルーストを専攻している大学院の学生などに、彼の私生活に対する根強い反感を見せる人がいたりした。もっともそれは極東のはずれからわざわざやってきて、プルーストなどという、フランス人でもそうは読み通すことのない作家を研究するという奇特な人物をちょっと挑発しておもしろがるという、いかにもフランス的な精神の発露であったかもしれないのだが。いわく、プルーストというのは貴族でもないのに社交界に入りびたったスノッブの変態性欲者で、こんなに気持ちの悪い人間はめったにいない、というのだ。そういわれてしまうと、それはそれで間違いではないのだからあいさつに困るが、しかしこれでは、やはりプルーストの人生を正確に規定したことにはならないように思う。

他方、プルーストに対してこれとは正反対のイメージを持っているフランス人もいる。フランスには《マルセル・プルースト友の会》という親睦団体があるが、この会に集まってくるのは中年以

マルセル・プルースト

上の非常に上品な紳士、淑女ばかりであった。あるときこの会が映画館を借り切って、パーシー・アドロン監督の手になる『セレスト』という作品を一回だけ上映したことがあり、当時「プルースト友の会・会報」の編集長をしていた故アンリ・ボネ氏に呼んでもらったことがある。このとき驚いたのは、会場に来ていた貴族に皆がうやうやしくベーズマン（手に接吻すること）していたばかりか、貴族たちが前のほうのいちばんよい席を取り、平民はボネ氏のような実力者も後ろに控えるように座ったのである。筆者はこの会の「会報」に小さい論文を載せてもらったことがあるが、文章を見てくれたフランス人の友人に、文中の"gai"（「陽気な」という意味の形容詞）という語は「ゲイ」の意に取られかねないので、別の語にしたほうがいいと忠告されたし、また「近親相姦的」という形容も、編集長によって削除されてしまった！　お上品なのはけっこうだが、お上品すぎると生々しい現実を見たくない、見られないということになる。《友の会》の例会は、パリの豪華な屋敷で行われたりして、日本では想像もできない貴族主義的な雰囲気があり、非常に興味深かった

が、この会の古典主義的、教養主義的、人文主義的な雰囲気ではプルーストの理解に欠けるものが出るのでは、と思ったのも事実だ。プルースト家の遺族がイタリアの映画監督ルキノ・ヴィスコンティによる小説の映画化計画をつぶしたのもそうした雰囲気を背景にしてのことだろう。ヴィスコンティによる『失われた時を求めて』は同性愛を前面に押し出すことになっていたからである。

そうしたプルースト理解の左右のブレを排しながら、彼の人生とは何だったのか考えてみよう、そして彼がどうしてあの傑作を書くに至ったのか、その点を考えてみようというのが第一部の趣旨である。天才だからといっていたずらにその生涯を美化することなく、かといって暴露趣味に陥ることもなく、彼の人生を記述してみたい。

第一章　幼年時代

一　両親の家系とその生活環境

マルセルの誕生と両親

マルセル・プルーストは一八七一年七月一〇日、パリで生まれた。父アドリヤン・プルーストと母ジャンヌが結婚して、一年後のことである。

父アドリヤンはパリの南西一〇〇キロメートルほどのところにある田舎町イリエの貧しい出身だったが、少年時代から頭角を現し、奨学金を得て僧侶となるべく、近隣の町シャルトルの中学で学んだ。あの、大聖堂で有名なシャルトルである。しかし考えるところがあってこの道を放棄してしまい、パリ大学で医学を修めるのである。医師の資格を得たのち、彼は開業はせずに公衆衛生の専門家として、遠くトルコ、ペルシャまでも足を伸ばして防疫の方法を研究し、ヨーロッパ大陸へのペスト侵入の際にはヴェネツィアでこれを撃退する戦術を立て、見事成功するなど、華々しい成果をあげた立志伝中の人物である。公衆衛生に関する著書が数冊あり、また医学アカデミー会員、ソルボンヌ大学の教授を務めた。故郷イリエの出身者としては最高の成功者であり、彼の名を冠した

アドリヤン・プルースト

ジャンヌ・プルースト

通りがその功績を伝えている。
　他方、プルースト夫人（旧姓ジャンヌ・ヴェイユ）は裕福なユダヤ人の株式仲買人の家に生まれた。ヴェイユ家は十八世紀までドイツのシュトゥットガルトの近くの町に住んでいたが（ヴェイユというのは彼らの住んでいた町の名）、アルザスに移ったあと、パリに出てきた。有力なユダヤの一族であり、この一族の中からはフランス第三共和制下の大政治家アドルフ・クレミューらを輩出している。ジャンヌ・ヴェイユはこうした環境の中で愛情をもって育てられ、深い教養と優れた情操を持つ女性となった。したがって、二人の結婚は、出世はしたが財力は持たない一方の側と、フランス社会へさらに同化を求める他方の側の希望とが一致したために行われた結婚だったかもしれない。つまりこれは非常に異質なものの結び付きだったといえる。マルセル・プルーストの不幸の一つの原因がそこにあるのかもしれない。
　二人が一八七〇年九月三日、第二帝政の崩壊の前日に結婚したとき、夫は三六歳、妻は二一歳であった。夫婦の仲は、しかしながらかなりよかった。夫は当時の成功した医師や作家がよくするように社交界に出入りしていたようで、しかもなかなか立派な押し出しの人物だったから、いつも妻に忠実だったようには思われない。息子はのちに「ママはパパが外で何をしているのか何も知らないのです」と手紙の中で書いている。しかし妻は「何も知らない」状態で夫に献身したし、夫もまた家庭の中でそうした妻の態度に十分応えたという意味で、夫婦仲はよかったのである。

パリ八区での生活と母の実家

プルースト夫妻は、マルセルの二年後に生まれた弟ロベールと四人で、何回か転居を繰り返しながらも、パリの中心部からやや西にそれた八区にずっと住み続けた。息子のマルセルは両親の死後もその思い出を大事にするために、晩年の数年間を除いてこの八区に住んだ。パリは、現在は二〇の区に分かれ、一から二十までの番号を振られているが、区によってはっきりした性格の差がある。八区というところは十九世紀にできた（つまり当時はまだ新しい）広壮な帝政式のアパートが立ち並ぶ地区で、高級官僚らが多く住んでいた。歴史の香りを欠いており、本当はマルセルはあまり好まなかった場所である。ここが社会の階梯（かいてい）を順調に上っていく父にふさわしい場所だとすると、マルセルはこれとは異質な、母方のパリも持っていた。それはひとつには、パリの中心から少し北東の方向に行った、母方の祖父母の住むフォーブール・ポワソニエールの家である。プルースト夫人は息子のマルセルとロベールがまだ幼いころは二人の手を引いてしばしば実家に出かけたようだ。特にマルセルは優れた知性と教養を持つ祖母の秘蔵っ子であった。フォーブール・ポワソニエールはユダヤ人の多数住む古臭い地区で、もともとは魚の仲買人が店を連ねる場所であった。この地区は現在はさびれてしまったが、当時はにぎやかな、シックなところであったらしい。

オートゥイユの別荘

もう一つ母方にまつわる場所がパリにあった。それはプルースト夫人の叔父に当たるルイ・ヴェイユがパリの西側、オートゥイユのラフォンテーヌ街九六番地に持っていた別荘である。現在はこの地区もパリに編入されて高級住宅街となり、ルイの別荘もモザール大通りが貫通したために壊されてしまったので、様子がだいぶ変わっているが、当時はパリに住む人々の別荘が点々とする、田園地帯だった。実はマルセルと弟はここで生まれており、プルースト夫人にとってはここは自分の別荘のように心安い場所だった。プルースト家は春と初夏にはここで長い滞在をするのが常で、その間、父は毎日ここから乗合馬車に乗って病院に通った。

このようにマルセルの幼年時代は、母方の実家の影響力に深く包まれて過ぎていった。『失われた時を求めて』の語り手であり主人公でもある《私》は、純然たるフランス人として設定されていて、プルーストの家族の中を流れるユダヤの血はすべて作品から注意深く排除されているから、このことは注意を要する。マルセルは、有能な医師であり厚生官僚であった人物の息子として、フランス社会の中枢に近いところで生活してきたわけだが、このように半ばユダヤの出身であるという、異教的、東洋的な反面をもあわせ持っていた。彼はまた同性愛者であったわけで、そうしたことを考えあわせてみると、彼は一方ではごく周辺的存在でもあったのである。そのことが彼のアイデンティティー不安に大きな影響を与えることになるだろう。

父の故郷イリエ

プルーストの幼年時代はどちらかというと母の一族に厚く包まれて過ぎていったが、しかし父方の影響力が皆無だったわけではない。それは、一家で出かけていく父の故郷イリエでのことである。

『失われた時を求めて』に登場する田舎町コンブレーのモデルとなるイリエは、シャルトルから西へ二〇キロメートルほど行ったところにあるごく平凡な町で、中心部には、フランスのどこの町でもそうであるように、教会と広場があり、近くをル・ロワール川が流れている。小説の中でヴィヴォンヌ川と呼ばれるこのル・ロワールは川幅が三、四メートルほどの、狭いが流量のたっぷりした川で、多くのルネッサンス期の見事なお城を流域に抱えるラ・ロワール河へ注ぐ美しい支流である。プルースト一家がイリエにバカンスに来るころには、祖父はすでに亡く、また祖母も長らく営

《プレ・カトラン》

んでいた食料品店をすでにたたみ、小さなアパートで隠居生活に入っていたから、彼らはアドリヤン・プルーストの姉エリザベートの嫁ぎ先に寄宿させてもらうのを常としていた。エリザベートの夫ジュール・アミヨはアルジェリアで一旗揚げた人物で、当時は故郷のイリエに帰り、比較的大きな家を構え、また洋装店を開いて安寧な生活を送っていた。彼は自分の家の小さい庭のほかに、ル・ロワール川沿いの土地も持っており、そこに東屋（あずまや）を建て、アルジェリアから持ち帰った石の灯籠のようなものを立て、水も引いて庭園にしていた。そしてパリ郊外のブーローニュの森にある庭園にちなんで、ここを《プレ・カトラン》と命名していた。

二　《黄金の幼年期》と喘息（ぜんそく）の発病

イリエの豊かな自然

このル・ロワール川に沿って上流に向かってボース平野を北の方向に散歩に行くと、やがてサンテマンのひなびた教会の前に出る。この教会のかた

タンソンヴィル

わらには、豊かな水の湧き出る泉があり、石を敷きつめて洗濯場として使われているが、ここがル・ロワール川の水源の一つとされている。ここは『失われた時を求めて』の幼い語り手にとっては「まるで地獄の門と同じように、この地上にあるとも思えない」はるかに遠い土地と想像される場所であったが、成人したあと訪れてみると、「水面に泡の立ちのぼる洗濯場」にすぎないことがわかって、彼は深い失望を味わうことになる。さらに北上すると、イリエから八キロメートルほどのところにイタリア式の塔を備えたヴィルボンの広壮な城を見ることができる。これが『失われた時を求めて』の中ではゲルマントの城となるだろう。

プルースト家の人々にとって、もう一つの散歩のコースがあった。イリエからこのル・ロワール川を渡って《プレ・カトラン》のかたわらを通り抜けて西の方角へ散歩に出ると、二、三キロメートルのところには、作品中の登場人物スワンの住む別荘のモデルとなったタンソンヴィルの館がある。今でもここでは田舎風の美しく大きな屋敷を、白く塗った大きな門のはるか向こうに見ることができる。そこに、見知らぬ人物が近づくと巨大な犬が出てきて、ゆっくり尻尾を振りながら吠えるのである。『失われた時を求めて』の中ではスワンが所有することになる《プレ・カトラン》には五月になると白いサンザシが見事に咲くのだった。語り手が初めてジルベルトと出会って視線を交わすことになるのもここである。そのほかにも小説の中でサディズムの惨劇が演じられることになるモンジューヴァンの屋敷など、イリエの様子はかなり正確に『失われた時を求めて』のコンブレーに転写されている。

今あげた城、館のほかにもイリエの近郊には幾つかの大きな屋敷があって、黄金色の小麦の穂のたなびくこの地帯、ボース平野がいかに実りの多い豊かな土地であるかを思わせる（この地方は雨量がやや少なく、大農式の小麦栽培が発達したために少数の大地主が生まれたようである）。そしてル・ロワール川に沿った深い緑の地帯を散歩したり、町の中を歩いてみたり、そして遠く中世にさかのぼるイリエ伯爵のわずかばかり残された城の廃墟を眺めていると、この平凡な田舎町がどれほど魅力をたたえているかよくわかる。パリの最も洗練された世界を体現するこのかなりエキセントリックな作家も、実はこうしたきわめて素朴な美しいフランス、最深部のフランスにも通じていた。

しかし、マルセルが一八八〇年に喘息持ちとなってからは、花粉と外気が喘息に悪いという父の判断により、イリエは彼にとって禁じられた土地となった。アミヨ家との交流は一八八六年に叔母エリザベートが亡くなったときに四年ぶりに訪れてからは、以前のようには行かなくなったと思われるが、イリエとの関係は小説とは違ってすっかり切れたわけではない。たとえば一九〇二年にはマルセルは避寒のためにイリエ近郊の家を借りることを念頭に置くが、この計画は実現しなかった。

また二十世紀に入って自動車旅行が一般的になると、プルーストは車を使った日帰りのイリエ巡礼を行ったことがあるらしく、そうしたエピソードが草稿の中に出てくる。

喘息の発作

九歳のおりに起きた一つの事件が終生にわたって彼の行動の自由を制限することになる。プルーストはブーローニュの森を散歩しているとき、喘息の発作を起こし、一生癒えることがなかったのである。このため彼は家にこもりがちの生活、絶えず病気がちな生活を送ることを余儀なくされた。彼は生涯多くの医者にかかり、多くの療法を試みたが、病気は少しもよくならなかった。しかしそこから彼は多くのものを得ることになった。たとえば医師という職業に対する不信である（そのおかげで作品中のコタール医師というコミックな人物が生まれることになる）。また彼は花を愛し、女性への贈り物に花を多用したにもかかわらず、喘息に悪いというので生花は彼自身には禁じられたものとなった。彼は花を室内に飾ることができないばかりか、花の多い土地を訪れることさえできなくなる。それればかりではなく、彼は病気のために多くの楽しみ、とりわけ社交と旅行の楽しみを断念せざるをえなかった。彼の書簡を読むと、友人たちが一緒に出か

ブーローニュの森

けていくのに自分だけがベッドに縛りつけられている寂しさをしきりに訴えている。しかしひるがえって考えてみると、彼はこの病気のために文学に専心し、傑作を作り出すことができたのである。

この喘息はいったいなぜ起こったのだろうか。これにはさまざまな説があって確定的なことはいえないが、おそらくこの病気は神経性のものであって、母親との愛情をめぐる葛藤が根にあるものと思われる。ひ弱に育った彼は二年後に生まれた弟との間で、母の愛情を奪い合う争いに耐えることができず、病気の中に逃げ込むことによって母の愛を独り占めにしようとしたと考えられる。この試みは実際大成功だったといえる。これ以降、母はマルセルに対して、弟とは違った特別な配慮を惜しまないことになる。それに弟は母の過度の愛情など少しも必要ないほどにすくすくと育ち、父と同じ職業を継ぐことになる。したがって喘息はマルセルの存在の深部に根差しており、彼の存在の一部をさえなしていたといえるだろう。

プルーストの幼年時代はイリエの自然や母方の祖母からもらった多くのプレゼントに象徴されるように、まさに《黄金の幼年期》として過ぎていったのだが、一方、早くも、喘息という彼の生涯に暗い影を投げかける要素もすでに登場してきていた。

第二章　リセ時代

一　さまざまな出会い

このように病弱な少年も就学年齢に達して、学校での教育を受けねばならなくなった。まずパープ・カルパンチエ初等学校で二年間過ごしたあと、

コンドルセ高等中学

彼は一八八二年一〇月コンドルセ高等中学（当時はフォンターヌ高等中学と呼ばれていた）に一一歳で入学した。これはパリの右岸を代表する名門中学である。右岸というのは、パリを東から西へ貫通して二つに分けるセーヌ河の下流に向かって右側、つまり北側をいい、ブルジョワ的な雰囲気を持つといわれている。これに対して、南側の左岸はソルボンヌの学生街を中心とし、革新的な気風を持つといわれている。アンリ四世高等中学、ルイ・ルグラン高等中学など左岸を代表する高等中学は、パリ高等師範学校（エコール・ノルマル・スュペリュール）などの非常に入学の難しい上級学校を目ざすために勉強は厳しく、規律も厳格な校風を持っていた。つまり立身出世主義である。プルーストの入学したコンドルセ高等中学はいかにも右岸にふさわしい、ブルジョワ的な、そして自

コンドルセ高等中学

由主義的な校風で知られていた。卒業生の名簿を見ると三人の共和国大統領がいるばかりでなく、作家のゴンクール兄弟、文芸評論家として名をはせたサント＝ブーヴ、哲学者のテーヌ、ベルクソンらを輩出している。プルーストの学友の中にはロスチャイルド家の息子や、のちに社交界の花形画家になるジャック＝エミール・ブランシュ、あるいはブールヴァール演劇の作者ルドヴィック・アレヴィの息子がいるといった雰囲気であった。この中学はサン＝ラザール駅の正面、ルアーヴル通りにあり、当時プルースト家の住んでいたマルゼルブ大通りからは一〇分足らずだったし、校風もプルースト家の好みに合っていたものと思われる。成績は概していえば悪くなかったが、かなりむらがあった。病気がちのために欠席が非常に多く、一度などは落第したほどである。また自分の好きな科目しか勉強しなかったようだ。

コンドルセの教師たち

コンドルセ高等中学は教師も優秀であった。ラテン語のヴィクトル・キュシュヴァル、国語のマクシム・ゴーシェのように、ある程度世間にも知られた先生もいたし、すでにデカダンな傾向を持ち始めていたプルーストの文章を温かい目で見守ってやれる度量を持つ先生もいた。しかし若いプルーストに最大の影響を与えたのは哲学学級（六年目の最終学年）で教わった哲学教師アルフォンス・ダルリュであろう。彼は「道徳・哲学評論」誌の創設にも参加した優れた哲学者であり、教師としてもなかなか手ごわい存在だった。そして生徒たちの答案を彼らの面前で「病気の頭脳から生まれた観念」とか、「スガナレルの哲学」といってやっつけるのだった（スガナレルというのは、モリエールの芝居『スガナレル、または女房を寝取られたと思っている男』の主人公）。

プルーストはダルリュに惹かれるところがあったらしく、最初の授業のあと、やや度の過ぎた称賛の手紙を書くばかりではなく、のちには彼の個人教授さえ受けるようになる（彼は病気のために何人かの家庭教師についた）。プルーストは個人教授の時間が終わっても、先生の自宅まで話をしながらついていき、戸口でも彼をなかなか放さなかったという。ダルリュは『ジャン・サントゥイユ』の中でボーリエ先生という名前で大きく扱われている。ダルリュは哲学的な問題を詩的に扱うことのできる先生で、これがプルーストに大きな影響を与えた。また、すべては対象の中にではなく、精神の中にあるとするプルーストの主観主義的な観念論もダルリュに負うのである。

シャンゼリゼの少年たち

このようにして彼はコンドルセ高等中学在学中に自己の知的世界を大きく広げていったが、この時代はまた家族からある程度離れて、同年代の少年少女たちと新しい交流の世界を作り始めた時代であった。その中には一生友情を交わすことになる名も混じってくる。リセは三時に終わるので、少年たちは近くのシャンゼリゼまで行き、木立の間を走り回って遊んだ。この少年たちのグループはたいがいは裕福なユダヤ人の家庭の出であり、マルセルの母の実家と交際のある者も多かった。その中にはマルセルの弟ロベールの家庭教師を引き受け、のちにパスカルの『パンセ』の校訂版を出すことになるレオン・ブランシュヴィック、やがて作家となるルイ・ド・ラ・サルらの姿も見えた。『失われた時を求めて』の中のシャンゼリゼのシーンでは、子供たちに女中がついてきたりしてもっと幼い印象を与えるし、またジルベルトという少女にスポットライトが当てられているが、現実世界ではこのようにもう少し年長の少年たちの比重が高かったように思われる。

シャンゼリゼの少女たち

しかしそうはいっても、そこには少女たちもいた。のちに大統領になってスキャンダラスな死に方をすることになるフェリックス・フォールの二人の娘アントワネットとリュシーがおり、マルセルはこの二人と親しかった。また作品中の語り手の初恋の人ジルベルトの公認のモデルであるマリー・ド・ベナルダキと、その妹のネリがいた。マリーとネリはお茶の商いで財産を築いたといわれるポーランド貴族の娘であった。母親はシャンパンと恋以外には関心がないといわれた女性で、当時、最も優れた写真家であったナダールの撮ったベナルダキ夫人の写真を見ると、仮面舞踏会のワルキューレ（ワーグナーのオペラの女主人公）といった衣装を身に

マリー・ド・ベナルダキ

ベナルダキ夫人

つけた、美しい肉感的な女性が写っている。娘のほうも母親に似ていたらしい。当時プルースト自身がアントワネット・フォールに宛てた手紙の中で「マリー・ベナルダキは大変美人で、だんだん豊満になっていきます。彼女は［ジャック＝エミール・］ブランシュと拳骨で殴り合いをして、ブランシュが負けました」と書いている。このように思春期から抜け出て咲こうとしている娘は、すでに十分に肉感的な魅力を備えていて、若いマルセルの心を惑わせたのかもしれない。またこの娘の家庭は、道徳心堅固なプルースト家とは違って、お金も十分あり、人生の享楽を第一においていたようだから、そうした家庭のあり方にプルーストが強い関心を抱いたということも十分考えられる。

同性愛への目覚め

この時代のプルーストにはある特異な性癖（せいへき）が現れ、それがしだいしだいに彼の存在を深く規定していくことになるだろう。彼はリセの友人の中でも、とりわけ文芸の嗜みのある生徒に執着した。そして彼らと強い友情の絆を作ろうとしてうるさくつきまとったり、自分をどう思っているのか執拗に問い尋ねたりするので、友人たちから気味悪がられたり、嘲弄されたりする羽目に陥った。ジャック＝エミール・ブランシュは次のように書いている。「彼の小児的な愛情は多くの誤解を招いたのである。小さいころ彼と遊んだある人物がわれわれに話してくれたところによると、マルセルが近づいてきて、彼の手をとり、愛情を全部、誰にも分け与えることなく自分だけに向けてほしいといったとき、恐ろしくなったとのことだ」。こうした度を超した「友情」への思い入れと、それが現実の中で幻滅に終わるさまは、『ジャン・サントゥイユ』の中で作者自身が強い憤慨を込めて書きつづっているが、プルーストが当時友人に宛てた手紙にもそうした気持ちが現れている。彼は、劇作家ルドヴィック・アレヴィの息子で、やがてニーチェのフランスへの紹介者となるダニエルに、次のように書いている。

> 君はすばらしい。その明るいきれいな目は、君の精神の繊細な優美さを映し出しているよ。けれども君の精神が何もかも好きというわけではないんだが。僕は君の目に接吻したことはないけれど、君の身体と目はちょうど君の思考のように優美で軽やかだね［……］。膝の上に乗せてくれれば、君の考えていることをもっとよく理解できるようになるだろう。君の生き生きとした精神と軽やかな身体は分かつことができないもので、その二つを結び合わせている君という一つの

自我の魅力は「愛の優しい喜び」をもっと繊細にして、もっと増してくれるだろう。ただ女性だけを愛するべく生まれた人物が、こうした手紙をもらったらどのような気分になるか想像にあまりある。

二　文学の世界に

文学への目覚め

プルーストにとって、リセ時代は文学にはっきりと目覚めた時代でもあった。彼はすでに幼年時代以来、母と祖母からの薫陶(くんとう)を受け、ジョルジュ・サンド、ディケンズ、テオフィール・ゴーチエ、ジョージ・エリオット、さらには『千夜一夜物語』など、すでにたくさんの本を読んでおり、また本を読むことが病弱な彼の最大の楽しみであった。しかも彼は抜群の記憶力を持っていたから、シャンゼリゼの木陰で友人たちを前にして、ラシーヌ、ユゴー、ミュッセ、ラマルチーヌ、ボードレールの詩句を暗唱してみせて、彼らを驚かせた。彼の文学的教養は、幼時に母や祖母から、そして高等中学で教師から叩き込まれたフランス古典主義が基本となるが、『アンナ・カレーニナ』を十代で読み、また一八八六年、一五歳の折には集中的に歴史家のオーギュスタン・チエリを読むなど、フランス小説に限定されない広い教養を持っていたし、また同時代のパルナシヤン、象徴派といった文学流派にも無関心ではなかった。コンドルセ高等中学で文学好きの生徒たちはゆるやかなグループをなしていたようで、彼らはお互いに刺激し合って、文学的教養を深めていった。彼らはユダヤ系の裕福な家庭の子弟が多く、シャンゼリゼのグループともかなり重なっていたから、そういう意味でもプルーストにとってはなじみやすかった。

文学雑誌

そうした雰囲気の中で同人雑誌が次々と作られるようになったのも当然のことだろう。プルーストがかかわったものだけをあげてみても、「月曜評論」「第二学年評論」「リラ評論」「緑色評論」があり、こうした幼い文学的営為が大学生時代の雑誌「饗宴」に発展していくことになる。

「饗宴」はフェルナン・グレーグ、マルセル・プルースト、ジャック・ビゼー、ダニエル・アレヴィ、ロベール・ドレフュスらがメンバーとなり、それにレオン・ブルム、ガストン・アルマン・ド・カイヤヴェ、アンリ・バルビュスらも寄稿して雑誌の成立をみた。雑誌の中心になって実際の運営を行ったのはフェルナン・グレーグで、雑誌は八号でつぶれたが、プルーストはメーテルリンクやモンテスキューを思わせる世紀末風の臭みのある文体で、社交界の貴婦人たちやドゥミ・モンドたちの人物描写を発表して、友人たちを大いに驚かせた。友人たちは当然にもプルーストを嘲笑したから、彼は最後にはほぼ離脱状態になってしまう。しかしこのときのプルーストの描写にはのちのゲルマント一族の描写を思わせるものもある。またプルーストが書いたものの中には、なぜ彼が社交界にあれほど執着することになるのかを示唆している一節も見出すことができる。

プルーストはルイ・ガンドラクスの作品『クリスマス小説』の書評を書いて、この小話が優れている理由の一つは社交界を取り上げているからといっている。それというのも、「芸術は社交生活に大変深く根を下ろしている」からだ。プルーストにとって社交界とはきわめて芸術的な場所、芸術のエッセンスが寄り集まっている場所だった。同人はほとんどプルーストの友人でもあったが、彼らは大人になってから軽演劇の作者やジャーナリストになった者が多い。つまりこの文学サークルは少々軽い雰囲気を持つ場であったが、その中でもプルーストはとりわけ軽薄であったわけだ。

自我の形成

プルーストは一八八九年一〇月二六日(一八歳)にバカロレアの合格証を手に入れ、リセの生活に終止符を打つことになる。リセ時代を通じて、飛躍的に知性を発展させたが、それは何か学者になるためのような教養ではなく、人生を深く知り、人生の愉悦を味わうための教養であった。それは必ずしも狭い意味での文学的な素養に限られるものではなく、もっと多方面にもわたるものであった。それと同時に、彼は官能に目覚める年頃になったが、しかし同時に彼は自己の特異な性癖に気づかざるをえなかった。こうした自己の「発見」は当然彼に大きな混乱をもたらしたことだろう。しかし彼はそうした混乱をくぐりぬけながら自我を形作っていく。

第三章　青年時代

一　職業への模索

オルレアンでの兵役生活　バカロレアを取得して、コンドルセ高等中学での教育を修了したプルーストは、その後も政治学関係の学校に登録し、ソルボンヌにも通うが、しかしこのころになると、彼の生活はもう大学中心の学生らしいものではなくなっていた。彼はもう彼なりに世間の中に入っていくのである。そこにあったのは職業生活ではなく、ディレッタントの社交生活であった。

リセを終了した彼は、徴兵に応じ、一年間の兵役生活を送ることになった。プルーストの健康状態と父親の影響力を考えれば兵役を免れることも不可能ではなかったはずだが、プルースト家はそうした方法を取らず、当時、自発的に志願すれば三年間の兵役が一年に短縮される制度を利用して、こちらから積極的に打って出たのである。その結果彼は、一八八九年一一月一一日に召集を受け(このとき一八歳)、同じ月の一五日にオルレアンの第七六連隊に入隊した。入隊時の記録によると、髪は栗色、身長は一メートル六八となっている。兵隊は兵営の中で寝泊まりしなければならない規則になっていたが、彼は他の仲間と同じように、バニエ街九二番地のランヴォワゼ夫人の家に自分の部屋を確保していた。また喘息のためだろうか、あるいは父親が手を回したためだろうか、上官のはからいで厳しい訓練は免除されたらしい。

フランスの軍人、特に将校は、少なくとも第一次世界大戦まではけっこう優雅な存在で、地方の連隊に勤めればその地方の社交界に迎えられるのを常とするような存在であった。たとえばスタンダールの小説に出てくる将校たちはそうした生活を送っている。若いプルーストのような一介の兵隊にすぎない者も、親の紹介だろうか、志願兵仲間のメイラルグとともにロワール県知事ブーグネル氏に招待されたりしている。このような大戦前の優雅な軍隊生活の雰囲気の中で彼は暮らしたのである。そして休暇を取ってノルマンディー海岸の避暑地カブールに行ったり、日曜日ごとにパリの親元に帰ったりするのだが、この時期の彼は、知り合ったばかりのガストン・ド・カイヤヴェともっぱら付き合い、いつも母親のカイ

兵士プルースト

ヤヴェ夫人の家に入りびたっていた。そして夜は、軍隊の門限に間に合うように一九時四〇分発の汽車に乗り込むべく、ガストンに送られて馬車を走らせるのだった。

軍隊生活のよい思い出

このようにして、この病弱な青年は周囲の温かい配慮と、われわれには想像しがたい当時の軍隊の習慣のおかげで、数あるフランス作家の中でも、最も軍隊に対して好意的な文学者となるのである。彼は『楽しみと日々』の中でこう書いている。

百姓出身の同輩たちの中の何人かはとても純朴で、私が以前から付き合っている若者たちに比べると、身体はもっと美しく軽快、精神はもっとオリジナル、心情はもっと自由に発露し、性格は自然であった。〔……〕今にして思うと、すべてのものが一致協力して、この時代の私の生活を、一連の、幸福で、魅力に満ちた絵画にしてくれるのだ。

このように、彼のきわめてよい思い出の中には、それまで交わったことのなかった庶民の若者たちに対するある種の関心が込められていることも、また事実である。

軍隊をめでたく除隊になると、プルーストは一八九〇年一一月からパリ大学の法学部に籍を置いた。ついで政治学自由学院にも登録し、九三年まで通った。またソルボンヌの文学部にも九五年まで通い、哲学の学士号を取得している。

職業の選択

この時期は自己の将来の職業生活について幾つかの試行錯誤をしている。実際、彼がきちんとした職業に就くことは両親の強い願いであった。そのために法学部にも行き、一時期公証人になるべく努力もするが、早々と放棄してしまう。次には父のつてをたどって、パリのマザリーヌ図書館に無給の司書として採用された。しかし彼は無給であることをよいことに、休暇を取って母とクロイツナッハに保養に行ってしまったりして出勤せず、その後も休暇願いを乱発して、ついには一度も勤めずに退職してしまう。

このように彼は恐ろしいほどの怠け者だったわけだが、文学に関しては決してそんなことはなく、一八九六年には『楽しみと日々』を出版したし、すでに九五年からは『ジャン・サントゥイユ』に着手して、一日に四時間の割で働いていた。

しかしそれ以外の仕事はからっきしだめだった。両親の嘆きをよそに、どんな職業にも就かないことがしだいにはっきりしてくる時代でもあった。

二　社交界と彼をめぐる人間模様

このようにプルーストは、この年齢の若者が当然通過していかなければならない人生上の義務をかろうじてこなしたり、こなさなかったりして生きていくのだが、かといって彼が倫理的な意味での義務観念を欠いた人間であったかというと必ずしもそうではない。彼は自己をもっと高めること、立派な価値ある人間になることに決して無関心ではなかった。そして普通の意味での道徳心も欠けてはいなかった。プルーストが実世界の中に入っていけなかったのは、彼の病弱な体質と、まったく現実社会向きではない性格によるところが大きい。このころ、彼があるアンケートに対して与えた答えを見ると、彼がどのような人物で、何を欲していたかよくわかる。

愛に飢えた若者

(あなたの性格の主な特徴は？)　愛されたいという欲求、もっと詳しくいうならば、人から褒められるよりも、愛撫され、甘やかされたい欲求。

(男性の中にあって欲しい性質は？)　女性的な魅力。

(女性の中にあって欲しい性質は？)　男性と同じ美点を持ち、友達付き合いにおいて率直なこと。

（友人たちの中にあるもので、いちばん高く買うものは？）　私に対して優しいこと。その優しさに価値を認めるのに十分なほど彼の人格がすばらしい上での話だけれど。

（主な欠点は？）　意欲する能力がないこと、意欲できないこと。

（好きな仕事は？）　愛すること。


彼にとって最も好きな「仕事」は、「愛すること」なのだ。そして彼が最も好きなことは甘やかされ、愛撫され、愛されることなのである。ここに表れているのは、外観は男だけれど、心はきわめて女性的であるような一人の人物である。普通の意味での仕事に専念したりすることが決してできず、ひたすら愛情を求めて生きている一人の若い人物の姿である。こうした性質は一生変わらないだろう。

友人の母親たち

彼はリセ時代に友情に対する過度の思い入れのために友人たちから薄気味悪がられていたが、彼はもう一つ別の理由によっても彼らの顰蹙（ひんしゅく）を買っていた。それはプルーストが学友ばかりではなく、彼らの母親たちにも執着し始めたことである。こうした態度はもちろん学友たちの嘲笑を浴び、プルーストは怒って彼らとの関係が悪くなるほどだった。

グレフュール夫人

こうした母親たちのもとにまだ少年のような男がしげしげと出入りするということは、かなり異常なことである。プルーストはかなり強い被保護願望があったから、こうした名流夫人たちの中に理想的な母親を見ていたのかもしれない。というか彼のスノビスムの根底にあるものは、古い伝統と力を持つ貴族に保護されたいという願望のように思われる。

プルーストの友人ジャック・ビゼーはオペラ『カルメン』の作曲家ビゼーの息子であり、彼はこの友人の母親のサロンに出入りするようになる。ビゼー夫人は夫の死後、しばらくして金持ちの弁護士ストロース氏と再婚し、ストロース夫人となった。プルーストは母親のような年齢のこの知的な女性と長く交際を続けることになるだろう。さらにまた彼はガストン・ド・カイヤヴェの母親カイヤヴェ夫人のところに出入りするようになったが、夫人は当時の大作家アナトール・フランスの愛人であった。フランスはほとんどいつもカイヤヴェ夫人のところで過ごしており、午前中に夫人の図書室で仕事をしたあと、午後になると裏から玄関に入り直し、たった今来たような顔をして居合わせた客たちにあいさつするのだった。

しかし、プルーストのような平民の若造が社交界にまがりなりにも受け入れられていくのには人一倍の努力が必要であった。彼が自己の特技として売出しに利用したのは、もちろんその優れた知性と感受性だが、ものまねの才能も利用したのである。彼は社交界随一の美人として有名だったグレフュール夫人の美しい声をまねたり、プルーストを庇護（ひご）することになるマドレーヌ・ルメールのしゃべり方を誇張してまねるのも得意だった。つまり彼は太鼓持ちのようにして社交界に受け入れられたのである。彼はあるとき自己の真摯（しんし）な意見を披瀝（ひれき）したところ、社交の席がしらけたのを体験したことがあり、自分に要求されているものが何であるかを悟ったという。

マドレーヌ・ルメール

マドレーヌ・ルメール

プルーストがしだいに社交界に入り込んでいくに当たって、彼の生活にもっと大きな影響力を持った夫人がいる。それはマドレーヌ・ルメールである。彼女は毎週火曜日に開かれる小規模なサロンを持っていて、それはどちらかというと芸術的なサロンであった。夫人自身、水彩画をよくし、ばらの花を描くのを得意とした。神様の次に多くのばらを描いたといわれた人である。プルーストはこのサロンで知り合ったレイナルド・アーン（彼はやがて歌曲の作曲家として名を上げ、晩年にはオペラ座の支配人となる）とともに、パリの東方数十キロ、レヴェイヨンにあるルメール夫人の別荘に招待されたり、あるいはノルマンディー地方のディエップに夫人のグループとともに出かけたりしている。つまり彼はこのサロンの秘蔵っ子として可愛がられたのである。またここで彼はナポレオンの姪のマチルド大公妃の近づきとなり、ゲルマント公爵夫人の主要なモデルとなるグレフュール伯爵夫人やシュヴィニェ夫人を初めて見かけてもいる。

ルメール夫人はプルーストの処女作品集『楽しみと日々』の挿し絵を描いてくれた。したがって夫人は彼が世に出るに当たって支えてくれた人で、プルーストは大いに感謝していた。実際、彼の処女作品集は当初、夫人の別荘にちなんで『レヴェイヨンの城』というタイトルを付けられることになっていたほどである。また『ジャン・サントゥイユ』の中ではマドレーヌ・ルメールは権勢並ぶものなき大貴族、レヴェイヨン公爵夫人として登場して、主人公に温かい庇護を与えるし、またレイナルド・アーンは公爵夫人の息子アンリ・ド・レヴェイヨンとなって登場するというぐあいに、この時期には二人は非常に理想化されて作品の中で描かれている。

しかし一方、夫人はかなり独占欲の強い性格で、プルーストは何かにつけて命令されたり、レイナルド・アーンとの仲もいろいろ口出しされたらしい。彼はのちの「スワンの恋」の中でマドレーヌ・ルメールを独裁的で、嫉妬（しっと）深いヴェルデュラン夫人に仕立て上げるのである。そして愛しているときには彼をさんざん苦しめた（というよりも、プルーストは人を愛したときにはいつもひどく苦しむのだが）レイナルドをはすっ葉なオデットという高級娼婦に仕立て上げるのである。

レイナルド・アーン

レイナルドはヴェネズエラ出身のユダヤ人で、一八九四年にマドレーヌ・ルメール宅でプルーストと知り合ったときには一九歳であった。このときプルーストは二三歳で、この出会いを手始めとして、プルーストが少し年下の青年に執着する傾向がはっきり現れてくる。

レイナルドはパリの高等音楽院（コンセルヴァトワール）でアカデミックな音楽教育を受け、サン＝サーンスらの弟子筋に当たるが、社交界を好み、ルメール夫人のところでヴェルレーヌの詩に曲を付けた『シャンソン・グリーズ』をみずからピアノを弾きながら歌ったりしていた。プルーストはリュシアン・ドーデに関心を移すまでの二年間彼を熱愛したが、その後も友人として終生交流を続けることになる。

一八九五年には二人でブルターニュを旅行し、この旅行の経験は『ジャン・サントゥイユ』の中に強く刻印されることになるだろう。プルーストはこのころレイナルドに宛てた手紙の中で、君をいつも僕の小説の中に登場させたいが、それは「身をやつした神のように」、通常の人間には決して気づかれないようなやり方で登場させ

レイナルド・アーン

たい、という意味のことをいっている。実際、レイナルドはジャック・ド・レヴェイヨンとして登場するほか、幾人かの小人物、そしてジャンに愛される女性フランソワーズにもおそらく自己を貸し与えている。

　レイナルドはプルーストの芸術享受によく付き合ったが、しかしコンセルヴァトワール仕込みの古典的な音楽教養が邪魔をしてドビュッシーやワーグナーを理解することはできなかった。プルーストは晩年になって、夜中に訪れてくるレイナルドにサン＝サーンスのソナタを何度も何度も弾いてもらった。それは『失われた時を求めて』の中で演奏されるスワンとオデットの「愛の国歌」のイメージを呼び起こそうとするためだったとふつう考えられているが、そればかりではなく、かつて二人が熱愛していたころ、同じように何度も弾いてもらったことを懐かしむためでもあった。

ロベール・ド・モンテスキュー伯爵　プルーストがマドレーヌ・ルメール邸で知り合った最大の人物はモンテスキュー伯爵である。ロベール・ド・モンテスキュー＝フザンサックはフランスでも最も古い家系に連なる大貴族で、社交界の中で非常な権勢を誇っていた。一方、モンテスキューは詩人として『蝙蝠（こうもり）』『青い紫陽花（あじさい）』などの詩集を持ち、エミール・ガレに庇護を与えるなど、きわめて優雅な趣味人として名声を上げた人物でもある。ユイスマンスの書いた小説『さかしま』の中の、倒錯した、人工的生活を送る主人公デ・ゼッサントはこのモンテスキューをモデルにした

ロベール・ド・モンテスキュー伯爵

といわれている。彼はヴェルサイユの邸宅でしばしば大きな饗宴を催した。また同性愛者としても有名で、美男の秘書ガブリエル・イチュリを従えていたほか、若い男に庇護的な愛情を注ぐのが好きだった。たとえばプルーストが紹介したとされるピアニストのレオン・ドラフォスは長い間モンテスキューと関係があり、彼の庇護を受けたあと、彼のもとから去ったため、二人はその後恐ろしい敵（かたき）同士となった。ドラフォスは小説の中の演奏家モレルのモデルになるだろう。

プルーストにとってこの人物は、社交界の大立者として彼を父のように庇護してくれるかもしれない重要な人であった。実際、彼はモンテスキューに対しておびただしい数の媚（こ）びへつらうような手紙を書き、ほとんど腰ぎんちゃくといってもよいような振る舞いに出るのである。しかし一方、ものまねの才のあったプルーストは、モンテスキューのいないところで彼のものまねをしておもしろがったりしている。耳障（ざわ）りで甲高い声の調子や、笑い方や話し方のスタイルまでそっくりまねし、上半身を後ろにのけぞらせて、こつこつと足先で床を叩き、目に微笑をたたえたまま指先を神経質に動かすことまでそのままだった。これがあちこちのサロンで好評を得る彼のおはことなった。もちろんこうした行為はモンテスキューの知るところとなり、この大貴族の激怒を買ったりしている。

しかし一方では、自己の特異な性癖を十分自覚していた彼にとっては、同じ性癖を持ちながら、文芸界と社交界という、プルーストが最も憧れていた二つの世界で華々しい成功を収めたこの人物は、ある意味では彼にとって手本とするに足る人物、心理的に一体化できる理想の人物であった。そうした点で彼は、モンテスキューを強い関心をもって観察したことであろう。

モンテスキューは大変な癇癪持ちで、彼と付き合うことは非常に骨の折れることであったが、二人の交際はモンテスキューの死まで続いた。『失われた時を求めて』の中の大貴族シャルリュス男爵はこのロベール・ド・モンテスキューを主要なモデルとしているが、シャルリュスは実際のモンテスキューをかなり戯画化していて、この登場人物を元にして実在の人物を想像することはいささかためらわれる。ちょうどマドレーヌ・ルメールを戯画化して作品中のヴェルデュラン夫人を作り出したように、彼は一時期世話になったが、屈辱的な体験も味わわせてくれた人々を作品の中でかなり歪曲して描き出している。ここにプルーストの復讐心を見るべきだろうか。

しかしこのように、プルーストはロベール・ド・モンテスキューに心理的に一体化していたために、彼が創造したシャルリュス男爵には何がしかプルースト自身が込められているということも忘れてはならない。これと同じことはスワンとそのモデルといわれるシャルル・アースについてもいえる。シャルル・アースは、社交界で成功した平民のユダヤ人で、プルースト自身がそう語っているために、スワンの公認のモデルとされている。しかし実際は、プルーストはこの人物のことはよく知らず、アースはごく外面的な特徴をスワンに貸し与えるに終わった。本当のところは、オデットに執着するスワンはプルーストその人なのである。その証拠に『失われた時を求めて』の中でスワンの演じる役柄は、前作『ジャン・サントゥイユ』の中ではほとんど主人公が演じている。

プルーストとドゥミ・モンド　このようにして、プルーストは社交界（ル・モンド）に出入りするようになったが、それに伴ってドゥミ・モンドとの交際も少しずつ増えていった。「ドゥミ・モンド」、別名「ココット」というのは、直訳すると「半ば社交界」という奇妙な意味になるが、社交界の周辺にあって、貴族や大ブルジョワの囲い者になるような女性をいう。『失われた時を求めて』の中ではドゥミ・モンドとしてはっきり出てくる女性が一人いる。ある日、まだ幼い語り手が伯父のところに遊びにいくと、そこにばら色のドレスを着た美しい婦人がいて強い印象を受けるのだが（この婦人は実はオデットである）、語り手の家族はこの話を聞いて、以後、この伯父との交際を断ってしまう。ドゥミ・モンドを子供に引き合わせたりするのは不謹慎だというのである。このエピソードによって作者は語り手の家族の道徳的潔癖さを示したかったのだろう。実際、現実のプルースト家は道徳的に乱れのない家庭であったことは確かだが、しかし当時の風俗とまったく無縁に運営されたかというと、必ずしもそうではなかった。まずこのばら色の婦人のモデルとなったのは、プルーストの本当の大伯父ジョルジュ・ヴェイユに囲われていたロール・エーマンという女性だが、この女性は大伯父の死後もプルーストと交際が続き、アドリヤン・プルースト博士が亡くなったときには美しい花輪を贈ったりしている。プルースト家と彼女の関係はお互いに遠慮があったとしても、悪くはなかったのである。また彼女は、自分が女主人公のモデルになったポール・ブールジェの小説『グラディス・ハーヴェイ』の一冊を、

ロール・エーマン

彼女自身のペチコートから取った布地で装丁してプルーストに献呈したり、彼のことを《私の可愛いザクセン焼きさん》と呼んだりしていた。プルーストは美しいものが大好きだったから、当然美人も非常に好きで、この種の女性たちにできるだけ接近を図った。また彼は時折友人たちを自宅に招いて夕食をともにすることを楽しみとしていたが、ここにはココットたちも呼んだようで、プルースト夫人はこの集まりを《ココットたちの晩餐会》と名づけていた。プルーストの両親が息子の開く夕食会を快く思っていなかった理由の一つはこの点にあるのだろう。また彼は九七年の夏には有名なドゥミ・モンドのメリー・ローランにもレイナルド・アーンの紹介で会っている。彼女はかつて画家のマネと詩人のマラルメの愛人だったことがあり、このころはレイナルドと親しかった。

こうしたドゥミ・モンドとの交際はプルースト家の中でマルセルだけがしていたわけではない。プルースト博士については、たいしたことはわかっていない。弟のロベールは、一八九四年に、乗っていたタンデム（二人乗り自転車）が倒れて砂利運びの車に大腿部を轢かれるという大事故にあったが、このとき入院中の彼に付きっ切りで看病したのは名前のわかっていないあるドゥミ・モンドであり、このことは母親のプルースト夫人も了解していた。この女性がおそらくロベールと一緒にタンデムに乗っていたのだろう。

ルイザ・ド・モルナン

ルイザ・ド・モルナン

しかし何といっても、彼が最も親しく付き合ったドゥミ・モンドはプルーストが三十歳代に行き来することになるルイザ・ド・モルナンであろう。彼女は若々しくて可愛らしい美人で、ブールヴァール演劇の端役女優をしていたが、プルーストの友人ルイ・ダルビュフラの恋人であった。プルーストは友人の愛人や婚約者に強い愛着を覚える癖があり、ガストン・ド・カイヤヴェと婚約したジャーヌ・プーケに執着していやがられたりしている。ルイザの場合もその一例なのだが、プルーストは二人の恋人たちに交じって一緒に遊んだりしたばかりでなく、ルイ・ダルビュフラが彼女を捨てて、ある貴族の令嬢との結婚を決意したときに起こった大喧嘩の仲裁までしている。ルイザがのちに劇作家協会の会長をしていたロベール・ガニャの愛人になったあともプルーストとの交際は続いた。

　しかしプルーストとルイザとの関係には微妙なところがあって、彼女はプルーストの死後に、あるインタビューに答えて、プルーストとの間には「愛情めいた友情」があったとしている。実際、プルーストのルイザ宛ての書簡を見ると、彼が若い女性にならば誰にでも書き送っていたような歯の浮くような甘い言葉もあるが、他の書簡にはないような、かなり卑猥（ひわい）な表現も込められている。これは二人の間の特別な親密さの表れなのだろうか。プルーストが本当に愛したのは何人かの同性の友達と母親だけだったが、その他の女性との関係が純粋にプラトニックなものに止まったかどうかはわからない。

プルーストと写真

　彼が生涯関心を抱いた情熱の一つに、知人の肖像写真を集める趣味がある。

　一つはロール・エーマンやルイザ・ド・モルナンのようなドゥミ・モンドの写真を集めることで、プルーストはこれの一大コレクションを持っていたし、もう一つは社交界の貴婦人の写真を集めることであった。友人のギッシュ公爵がグレフュール伯爵夫人の娘エレーヌ・グレフュールと結婚したとき、プルーストは伯爵夫人にこういやみなお世辞をいって大いに笑わせた。「ギッシュの結婚の理由の一つは、あなたの写真を手に入れられることになるからでしょう」と。また彼はジルベルトのモデルの一人となるジャーヌ・プーケの写真を手に入れるべく八方手を尽くしたし、またその娘シモーヌ・ド・カイヤヴェにも手紙を書いて写真をねだっている。

彼は手に入れた写真を注意深く見つめ、その肖像に隠されているものを知ろうとした。写真は実際に接する人とは違って好きなときに見ることができるばかりか、彼をうるさがらせることもなかったので、表現された人物の存在を心ゆくまで味わえたのである。しかし毎日眺めているとその魅力を減ずるので、あまり頻繁には見ないようにしたという。病弱で神経質なプルーストにとって、現実社会はあまりにも苛酷（かこく）なものであったし、実在の人々との交流は、それを強く望んでいる半面、非常につらく感じられることもあった。一方、彼は不在のものを喚起する大変な能力を持っていたから、現前しながら不在であるものとして、写真を愛好したのである。こういう傾向は彼にとって本質的なものであって、考えてみると彼の主著を貫く二大原理、《憧憬》と《回想》は、いずれも不在でありながら現前するという性格を持っている。プティット・マドレーヌなどはそのための装置なのである。

ドレフュス事件

このように彼が社交にうつつを抜かしているうちに、フランスを二分する大きな政治的事件が起こり、若くて血気にはやるプルーストもその闘争の渦の中に飛び込んでいくことになる。これがドレフュス事件である。

アルフレッド・ドレフュスはユダヤ人で、フランス軍の大尉を務めていたが、冤罪事件に巻き込まれ、無実の罪で牢獄につながれていた。しかし裁判の不当性が明らかになり、再審を要求する声が高まると、かえって強い反ユダヤ感情を引き起こし、事件は国を二分する大騒動に発展した。

一八九四年、フランスの軍事機密がドイツ側に漏れていることが発覚し、筆跡からアルフレッド・ドレフュスが逮捕され、終身刑に処せられた。一八九五年にこの犯罪の動機を調査するよう命じられたジョルジュ・ピカール少佐は、再調査によって真犯人エステラジーを発見した。しかしドレフュスの有罪を信じていたアンリ少佐はドレフュスとピカールをおとしいれるために積極的に偽の証拠を捏造し始めた。一八九七年一一月にドレフュスの弟が真犯人の筆跡を発表したことによって事件は広く一般に知られるようになる。事件の拡大を恐れた権力側は、逆に九八年一月にピカールを逮捕した。ゾラの有名な「余は弾劾する」が「オーロール」紙に掲載されたのはこのときである。

ユダヤ人の母親を持つプルーストは、この事件に一般人としては早い時期からかかわっていた。彼は友人とともにアナトール・フランスのところに再審請求のための署名を求めに行ったり、あるいはエステラジーが自己の「無実」を証明するために裁判を要求して、実際に無罪判決を得た一月には、コンドルセ高等中学のユダヤ人の学友フェルナン・グレーグ、ロベール・ドレフュス、ダニエル・アレヴィらと毎晩カフェ・デ・ヴァリエテに集まってキャンペーンの作戦を練ったりした。彼らが始めた署名運動には、ソルボンヌの教授たちの半分、さらにはエミール・ガレ、画家のモネも加わった。そしてプルーストはゾラの裁判が続いている間、毎日のようにパリ高等法院に通うのだった。

ただこのころから、真実と正義を求める運動が政治的な運動へと性格を変え始めたことは否めない。革新派は、ユダヤ人の大金持ちが腐敗していることに批判的なあまり、当初ドレフュス派に対して冷淡であったが、しだいにこの再審請求の運動に接近していく。一方、保守派も祖国を混乱から救うという名目のもとに反ドレフュス派に結集していくのだった。このようにして対立は真相を究明するための戦いから、革新派対保守派の政治的な戦いに変わっていった。こうした運動の変化を見て、シャルル・ペギーのようにしだいに幻滅していく文学者も出てきた。また社会階層別に見ていくと、貴族は圧倒的に反ドレフュス派であり、ブルジョワジーは中立か、あるいはドレフュス派であった。そのためプルーストのように、貴族の中にも少数いるドレフュス派を見つけて喜ぶといった子供っぽい反応も見られた。

このドレフュス事件の思い出は『ジャン・サントゥイユ』の中では大々的に取り上げられているが、『失われた時を求めて』になると社交界で言及される重要な話題といった扱いとなり、直接顔を出すことはなくなる。十数年に及ぶ歳月がプルーストの考え方を変えた。一つには、文学のような内面的な営為にとって、政治的な活動を直接取り上げる必要はないと考えるようになったことがある。もう一つには、彼が政治的に保守化し、右翼団体アクシオン・フランセーズの機関紙を定期購読するほどになったため、ドレフュス事件に対する考え方もおのずから変わってきたこともある。

三　ラスキンへの傾倒

ラスキン巡礼

一八九八年の前半に、まだドレフュス事件に熱中しているころ、彼の知的関心の領域に新しい要素が加わってくる。それがラスキンである。ジョン・ラスキン（一八一九―一九〇〇）はイギリスの美術批評家、社会思想家で、大著『現代画家論』で当時の新進画家ターナーの評価を確立させたばかりではなく、『ラファエル前派論』でこの派の画家たちを一般に認めさせるのに貢献した。彼の仕事はそうした分野に止まらず、『胡麻と百合』のような読書論、また『ヴェネツィアの石』『アミアンの聖書』のような都市論、建築論がある。さらには『建築の七燈』では美の様式と社会との間の相関関係を説くなど、社会に対する関心も強く、バーナード・ショウは彼をマルクスに比較しているほどである。

彼がこのように美術ばかりでなく、多岐にわたる分野で仕事をするようになったのは、彼の美術に対する考え方に関係がある。それまでのイギリスの美術批評がどちらかというと抽象的に設定された美の基準に基づいて作品を評価していたのに対して、ラスキンは作品がどれだけ自然を忠実に再現しているか、どれだけ生命の力を表現しているかを批評の基準にした。彼の批評の根本には宗教的な情熱があり、それに基づいて社会に対する関心も持ったのである。

プルーストはこのころから急速にラスキンに関心を抱くようになり、幾つかの著作や紹介書を読むようになった。そしてついには翻訳に手をつけるに至る。しかしプルーストのラスキンに対する関心はこのイギリスの批評家の紡（つむ）ぎ出す自然、建築物、都市の魅力といった審美的側面に向けられていた。彼はラスキンによってヴェネツィア、アミアンといった都市にいっそうの興味を引かれるようになり、ラスキンの本をガイドブック代わりに、これらの都市を訪れた。

ジョン・ラスキン

こうした都市の発見はプルーストにとって大きな意味を持っている。それというのもヴェネツィアは一〇〇〇年の華麗な歴史を持つ都市だから、特にラスキンの力を借りなくても十分に人を引き付けることができるが、アミアンといえば、大きなカテドラルがあるばかりで、一般の人々にとってはただのフランスの田舎町にすぎなかった。この町にラスキンが一書を捧げたことの意味は大きかった。プルーストはあるところでこういっている。人がヴェネツィアに行く、あるいはアムステルダムにレンブラントを見にいくといったら、これを聞いた人はそのまま納得する。しかしアミアンに大聖堂を見にいくとか、ブルターニュのペンマルクに嵐を見にいくといったことも、そうしたことと同じように価値がある、と。つまりプルーストはイギリス人ラスキンによってフランスの中世ゴシックの価値を発見した。彼は同じ九八年の五月ごろにはロベール・ド・ビイから借りたエミール・マールの名著『フランス十三世紀の宗教芸術』を読み始める。これを四年後に返したときには表紙は取れ、吸入薬が染み付いていたという。プルーストはこの本を熟読したのだ。このような中世ゴシックに対する研究が『失われた時を求めて』の持つ時間性に厚みを加えることになる。

　こうしたラスキンとフランス・ゴシックへの関心から、いわばラスキン巡礼ともいえる旅が始まる。まず一九〇〇年の一月にはレオン・イートマン夫妻とともにルアンの町を訪れ、ラスキンが『建築の七燈』の中で語っていた大聖堂のグロテスクな小像を見つけたり、ラスキンを案内したことのあるサントゥアン寺院の堂守りと話したりして喜ぶのだった。また同じ年の五月と一〇月にはヴェネツィアに出かけている。そして一九〇一年の一月には、やはりレオン・イートマンとともにアミアンに出かけてもいる。これは『アミアンの聖書』の翻訳のためであった。

マリー・ノードリンガー　このころ、プルーストの生活の中に一定の重要性を持つようになったのは、イギリス人女性のマリー・ノードリンガーである。彼女はレイナルド・アーンの従姉（いとこ）

妹に当たり、小柄な、聡明な女性であった。マンチェスターの美術学校を出たあと、パリに来て、一九〇二年からは日本の美術品の紹介で有名なジークフリート・ビングの店で彫金の仕事に携わることになる。プルーストと知り合ったのはおそらく一八九八年一二月、レイナルドの母のサロンでのことだと思われる。プルーストが一九〇〇年にヴェネツィアに母と旅行した際には、彼女はレイナルドとともに現地でプルースト母子と落ち合い、ともにこの宝石のように輝く古都を見て回った。

　ラスキンの同国人であり、すでにラスキンを研究してある程度の知識を蓄えていたマリー・ノードリンガーは、この美の探求者についてのさまざまな知識をプルーストにもたらすことができた。さらにはフランスのアミアン、サン＝ルー＝ド＝ノーの教会などをすでに訪ねてもいて、そうした教会に関する知識でもプルーストを喜ばすことができた。そればかりではなく、彼女はプルーストのラスキン翻訳を助けたのである。マリー・ノードリンガーは特に一九〇三年にはしきりにプルーストの部屋を訪ねて翻訳の手助けに熱中した。

　しかし二人の間には知的な友情があっただけだった。一時マリーはプルーストとの結婚を望んだようだが、そうしたことはプルーストには論外であった。なお『失われた時を求めて』の冒頭に出てきて重要な狂言回しの役割を演ずる日本の水中花（水につけると広がって花になる紙細工）をプルーストに贈ったのもマリー・ノードリンガーである。

アントワーヌ・ビベスコ

ビベスコ兄弟とフェヌロン

プルーストがこのころ知り合った人々の中に、一つ重要なグループがある。プルーストが、小説家として有名なアルフォンス・ドーデの次男リュシアンと深い仲になったあと、次に持った関係はもう少し悲しいものであった。一八九八年ころに彼は、ビベスコ兄弟と知り合い、彼らの紹介でベルトラン・ド・フェヌロンを知った。

ビベスコ兄弟はルーマニアの貴族の子弟で、外交官となるためにパリに勉強に来ていた。彼らの母エレーヌは、これもルーマニア出身の女流詩人アンナ・ド・ノアイユの従姉妹に当たる。プルーストはノアイユ夫人に紹介されて彼らと知り合ったものと思われる。またベルトラン・ド・フェヌロンは十七世紀の名著『テレマックの冒険』の著者として有名なカンブレーの大司教フェヌロンの子孫に当たる人物である。ビベスコ兄弟とフェヌロンは自分たちだけの排他的なグループを作っていたのだが、そこにプルーストが参加を認められるという形になった。ビベスコ兄弟のうち、弟のエマニュエルは中世の教会の知識があり、そういう点でプルーストの刺激になったこともあったが、実際にプルーストと親しくなったのは兄のアントワーヌのほうである。アントワーヌは穏やかな性格で、プルーストの秘密の打ち明け相手、相談役のような役割を引き受けることになった。

しかしプルーストが本当に熱愛したのはベルトラン・ド・フェヌロンである。フェヌロンは金髪、碧眼の典型的な貴族的容貌の持ち主で、プルーストの好みにぴったり合ったものと思われる。

オランダ旅行

このグループはプルーストの旅への深い思い、そしてラスキン巡礼とも深くかかわっている。フェヌロンは外交官としてヨーロッパ中を旅することが多く、それについていけないプルーストはいつもやるせない思いをし、詩的想像力を刺激されていたが、一度だけ願いがかなって、二人は二週間以上にわたる旅に出たことがある。

ベルトラン・ド・フェヌロン

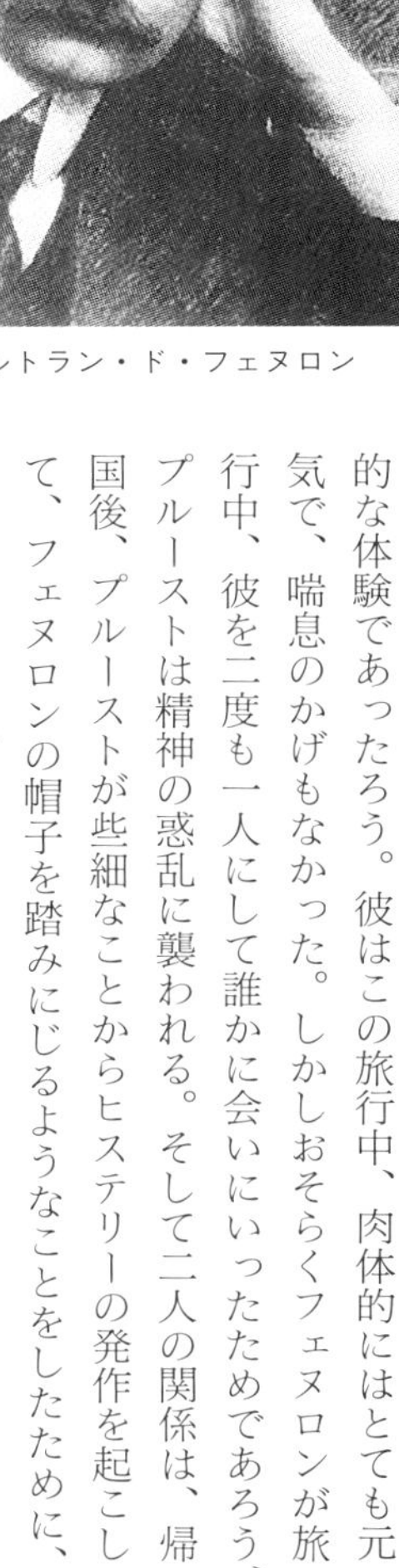

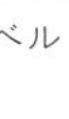

彼らは一九〇二年の一〇月、プルースト三一歳のおりにベルギー、オランダの旅に出て、ブリュージュを回り、ロッテルダム、デン・ハーグをへてアムステルダムと歩いた。これはプルーストにとって愛する人とともに過ごす日々であったから、非常に感激的な体験であったろう。彼はこの旅行中、肉体的にはとても元気で、喘息のかげもなかった。しかしおそらくフェヌロンが旅行中、彼を二度も一人にして誰かに会いにいったためであろう、プルーストは精神の惑乱に襲われる。そして二人の関係は、帰国後、プルーストが些細なことからヒステリーの発作を起こして、フェヌロンの帽子を踏みにじるようなことをしたために、冷却してしまう。

さらに一九〇三年四月には、このグループにジョルジュ・ド・ローリス、リュシアン・アンロー、フランソワ・ド・パリスらを加え、自動車に分乗してイール＝ド＝フランス地方の古く厳かな教会を回るドライブを二回実行している。しかしプルーストとフェヌロンの関係は元に戻らなかった。ベルトラン・ド・フェヌロンは一九一二年版の『失われた時を求めて』の女主人公マリアの主要なモデルとなっている。

四　母親の死がもたらしたもの

両親の死

このように、プルーストが仕事を続けながらも、友情と愛情にかまける生活を送っているうちにも、時は容赦なく過ぎ去っていった。父と母が亡くなったのである。まずは一九〇三年の一一月三日に父が勤務先の病院で倒れ、二六日には死亡した。この死はプルースト夫人にとって恐ろしい打撃であった。プルースト夫人は夫をひたすら尊敬し、その言動に賛嘆の念を抱き続けた人だった。そしてこの打撃から癒(い)えぬまま一九〇五年に亡くなることになる。夫人はかつて一八九八年にがんの手術を受けており、それが夫人の命を最終的に奪うことになった。夫人はかつて夫と何度か保養に出かけたエヴィアンに、五年の九月に息子マルセルと出かけたが、着くとすぐに発病し、医者となった息子ロベールに迎えにきてもらわねばならなかった。そして九月二六日に自宅で息を引き取った。

　プルーストと母はいわば近親相姦的な関係にあったから、この死は計り知れないほどの衝撃を彼に与えずにはいなかった。彼はほぼ一か月の間無為に過ごすが、しかしそのあとからは少しずつ再生の意思がほのみえてくる。健康な生活を回復すべく、かつて母と約束していた療養所入りを果たす。彼は一二月六日、ブーローニュ＝シュル＝セーヌにあるソリエ博士の療養所に六週間の予定で入院する。この入院は母の希望を実現するものであったが、同時にこれは母が亡くなったからこそ実現できたというところもある。プルーストが旅行に出て長い間家を空けることができなかったのは、もちろん病弱のためもあるが、もう一つは母親と長い間離れていることがつらくてできなかったのである。母の死後やっと実現したこの治療は、しかしながら健康の回復を少しももたらさなかった。

母の死に対する罪責感

　プルーストの苦悩の中にあるものを考えてみるとき、彼に特徴的に見られるのは強い罪責感である。彼は自分が母の死に責任があると考えていたのである。それはアンリ・ヴァン・ブラレンベルクという若者が引き起こした事件について、当時彼の書いた記事にはっきり見てとれる。

　プルーストがかつて会ったことのあるこの若者は、一九〇七年の一月に実の母親を殺して自殺した。この悲劇的事件について、新聞「フィガロ」に記事を求められたプルーストは、ブラレンベルクの母親が息子に殺されるときにいったとされる言葉に注釈を加えて、こう書いている。

「《何ということをしたの、この私に！》――よく考えてみれば、本当に息子を愛している母親で、最後の日に、あるいはもっと前からということもよくあるだろうが、これと同じ非難を息子に投げつけない人は、もしかしたら一人もいないかもしれない。結局われわれは老いていき、自分を愛してくれる者すべてに心配をかけることによって、あるいはまたその優しさを刺激し、たえず不安におののかせることによって、彼らを殺すのだ」

ここでプルーストが書いているのは、親に心配をかけ、悲しませたということだが、彼の非常に強い罪責感はこれだけで十分に説明できるものではない。この言葉が実際に母親を殺した知人について書かれた記事の中で発せられたことを思い起こしておこう。フロイトによれば親しい人の死に大きな罪責感を抱くのは、その人に対する攻撃性を無意識裏に隠し持っているからだという。彼のこの罪の観念もこうしたフロイトの説によく当てはまるような気がする。

『失われた時を求めて』の中にはヴァントゥイユ嬢とその女友達が、亡くなった父親ヴァントゥイユ氏の写真に唾を吐きかけて冒瀆(ぼうとく)するシーンがあるが、これはプルーストが以前から抱いていた固定観念で、『楽しみと日々』の中の短編「乙女の告白」にも、若い娘が自分の情交の場面を母に見せることにより、母を死なせてしまうというストーリーがあった。またさらにプルーストは一九〇七年にある戯曲のプランを作ったことがあるが、その戯曲の主人公は妻を愛しているにもかかわらず、娼家に出入りしてそこで妻を冒瀆する言辞を弄し、娼婦たちにも同じことをいうようにそそのかすのである。プルースト母子はあまりにも深い絆（きずな）で結ばれていたために、時にはその絆が子にとっては自己の自由な伸長を妨げる障害とも映ったのであろう。プルーストには母に対する愛憎の強いアンビヴァランスがあったのである。

母の死と自己の解放

母の死によってプルーストの青春も終わった。青春期、病弱ながらも彼は社交界に出入りし、芝居やオペラに通い、旅行をし、そして幾つかの恋をしてきた。しかしそうした華やかな人生は終わった。彼を支えていた最も根本のものが崩れ去ったからである。そのあと彼は一七年間生き続ける。そしてそこにはまるで華（はな）がないというわけではない。しかし母の死によって、何かが決定的に終わったのだ。残りの一七年間は、それまでの人生を回顧し、ひたすら小説を書くために費やされるだろう。

しかし母の死はある意味では彼の生活にとって解放でもあった。というのは彼女がいなくなることによって、プルーストは何も恐れるものはなくなったからである。このあと、彼は実際にソドムの地獄に降りていくことだろう。そして母の死は彼の創作活動にとっても解放であった。彼はもはや何も顧慮することなく、自由にものが書ける立場に立ったからである。

第四章　創作の時代

一　本格的な創作活動へ

転居、コルク張りの部屋へ　プルースト夫人の死の打撃から何とか立ち直り、両親の死にまつわるさまざまな実務をこなすだけで一年以上の日時が必要だった。しかし彼は一九〇七年からは、手なぐさみのようにしていろいろな作家の模写を始め、それがサント＝ブーヴ批判や、さらには大小説に発展していく。いったん小説の執筆が始まると、彼は伝説的なコルク張りの部屋に閉じこもり、ひたすら傑作の創造に邁進する。その他のことはすべてこの創作活動に従属させられるのであった。もちろんこの時期にもさまざまな慰めがあり、また人を恋することもあった。しかしそういったことも、作品創造に利用されていくのである。

プルーストの親の相次ぐ死は、彼の物質的な生活にも影響を与えざるをえなかった。その中でも最も大きな影響を与えたのは転居であろう。プルースト一家がそれまで暮らしていたクールセル街四五番地のアパートは、一人で住むには大きすぎたので、プールストはここを出る決心をする。しかし彼は自分でアパートを探せるような状態ではなかったので、自分はさっさとヴェルサイユのホテル・デ・レゼルヴォワールに三か月の間隠れてしまい、友人を動員して新しいアパートを探させるのである。その間に彼はヴェルサイユで、レオンというボーイやロベール・ウルリックという、何年かの間、間歇的（かんけつ）に彼の秘書を務めた男に会ったりしていた。

そんなことをしながら、結局彼が決めたのは、オスマン大通り一〇二番地の二階にあるアパートであった。彼がここに決めたのは、このアパートが以前大伯父のルイ・ヴェイユの所有していたもので、母方のヴェイユ家の思い出がそこに残り香のように漂っていたからである。彼はここに一二年と六か月にわたって住み着き、『失われた時を求めて』の大半を書くことになるだろう。そうして騒音に対して過敏だった彼は部屋にコルクを張らせ、昼夜の逆転した生活を送りながら創作に励んだのである。ここでプルーストは騒音のことは別として、家政婦セレスト・アルバレにかしずかれながら、それなりに充実した生活を送ることになる。

しかしあらかじめその後のことに先回りしておけば、一九一九年にはこのアパートの最大の権利保有者である伯母のジョルジュ・ヴェイユ夫人がプルーストに相談なくアパートを売却したために、プルーストはここにいられなくなり、六月にローラン＝ピシャ街八番地の二にある女優レジャーヌの邸宅の五階を借りてそこに移った。しかしここも騒音が我慢できず、一〇月にはアムラン街四四番地に移った。そこで彼は死を迎えることになる。プルーストのように、病弱で神経質な人間には

カブールの若い娘たち

この晩年の二回の転居はかなりこたえたものと思われる。このように彼は必ずしもいつも最良のコンディションで仕事をしたわけではなかった。

カブール滞在

プルーストの心身の健康状態の回復を示すしるしとして、彼が一九〇七年の夏からバカンスに出かける習慣を復活させたことがある。彼はこの年からノルマンディーの避暑地カブールに毎年足を運び、一九一四年までこの習慣を続けることになるだろう。『失われた時を求めて』の中の海辺の避暑地バルベックの主要なモデルとなるカブールは、ノルマンディーの避暑地として最も栄えたドーヴィル、トゥルーヴィルの西側一五キロほどのところにある新興の避暑地で、最新式の設備を備えたグランド・ホテルがあった。いったいにこのあたりの海岸は、ブルターニュに似て高さ二〇から三〇メートルの断崖が海に切り込んでいるのだが、ところどころにある小川の河口に粗い砂の浜辺が広がり、民家が点々とあって漁業などを細々と営んでいたのであった。しかしこのあたりの自然は素晴らしくて、夏の好天の日の夕方などに、海の向こうに赤々とした夕日が沈むころになると、軽やかな大気がまるで金粉をまぶしたように光ったりするのである。この地域での避暑がブームになると次々とホテルやレストランができてにぎわうようになった。ディーヴ河の河口にあったカブールもそうした村の一つだった。

ノルマンディー探索

プルーストはカブールのグランド・ホテルに滞在している間、もちろん隣のカジノに通い、トゥルーヴィルの周囲に別荘を持つ友人たちと交流し、ホテルにやってくる近郊の田舎紳士や二流貴族や得体の知れない男女を観察していて、そうした観察が作品の中に書き込まれることになるが、それに劣らず重要なのは、彼がカブール周辺の古い町を次々と訪れたことである。

ノルマンディーはカマンベール・チーズなどでよく知られる豊かな自然に恵まれた地域だが、同時に非常に古い歴史を誇る土地柄である。九世紀ごろから侵入してきたバイキングが十一世紀にはここに独立王国を建て、イギリスをも占領して（ノーマン・コンケスト）、大変な繁栄を誇った時期もあった（ちなみにノルマンディーという名は「北方の人」を意味する「ノースマン」を語源としている）。カブールからほど遠からぬ都市には、この九〇〇年前の繁栄の記録を今なお留めている都市も少なくない。たとえばカンには十一世紀に建てられた二つの教会が今でもその厳しい姿をそそり立たせているし、またバイユーには、まるでペルシャ様式のように優美な大聖堂があり、ノルマン人によるイギリス征服を記した有名なタピスリーが保存されている。プルーストは、カブール滞在中にこの二つの町ばかりでなく、リジュー、ファレーズ、ポント＝ド＝メール、エヴルー、ディーヴ＝シュル＝メールなど、ヴァイキングの勲(いさお)の跡を今なお留める町を、車と運転手を雇って回ったのである。

ディーヴ＝シュル＝メール　こうした都市めぐりのドライブは気晴らしの意味もあったろうし、ラスキン以来の教会探訪という意味もある。しかし今回のノルマンディー周遊にはもっと積極的な意義もあった。プルーストは『フランス十三世紀の宗教芸術』の著者エミール・マールに問い合わせて「地方色豊かな、バルザック的な、昔のままの姿を残している町」があったら教えてほしいと言い、ノルマンディーのシェルブールはどうか、と書いている。彼はここでは自分の作品の舞台になるような町を探しているのである。実際すでにあげた町の中でも、カンは作品の中にこっそり使われている。プルーストが車でカンの町に近づいていったとき、道の蛇行に従って、町の幾つもの教会の尖塔がまるで隠れん坊をしているように何本にも見えたり、本数を減らしたりして見えることがあり、そのときの体験をエッセー『自動車旅行の印象』の中で書いている。

ところで『失われた時を求めて』のコンブレーの章で、幼い主人公がペルスピエ医師の馬車に乗せられて田舎を走っていると遠く幾つかの教会の塔がやはり隠れん坊をするシーンがあるが、これは前記のカンでの体験を写したものである。さらには、もちろんノルマンディーでのドライブで見聞した町や教会の思い出が、『失われた時を求めて』の中のバルベックの周囲の風景に取り込まれていることはいうまでもない。しかしプルーストの野心はそのような幾つかのエピソードを作品に持ち込むことではなかった。そうではなく、一つの都市を作品に持ち込むことであったのである。ところでそうした彼の野心にかなりよく応えたのは、カブールのすぐ近くのディーヴ＝シュル＝メールだったと思われる。

ディーヴ＝シュル＝メールは非常に歴史の古い港町で、一〇六六年にギヨーム・ル・コンケランがここから船出してイングランドに攻め入った港として有名である。またここはパリ方面からブルターニュへ海沿いに向かう街道の宿駅として知られていて、一六八九年には書簡作者として有名なセヴィニエ夫人がブルターニュの所領ロシェに向かうとき、ここに泊まったこともわかっている。この土地はディーヴ河の運び込む土砂によって港が数キロも後退したためにさびれてしまったが、十四世紀にさかのぼる大きな教会、漁師が海から拾い上げてこの教会に安置した奇跡のキリスト像、古い木造の市場の建物などがあり、なかでも宿場として使われた木組みの古い一群の家々（ここにセヴィニェ夫人が泊まったはず）は素晴らしく美しく、さびれた町ながら、輝かしい歴史の魅力に満ちている。プルーストはカブールから数キロしか離れていないこの古い町にしばしば出かけ、宿場の伝統的ノルマンディー建築の一部を使ったレストラン《ギヨーム・ル・コンケラン》に立ち寄って、そこで「シェルブールのお嬢さん・地獄の炎焼き」（オマールエビを焼いたもの）といった凝ったネーミングの高価な料理を楽しむのだった。

このレストランは『失われた時を求めて』の中で直接、名前を引用されているばかりでない。ドンシエールの章の中に出てくるホテルのために、このレストランの厨房（ちゅうぼう）、またディーヴの祭りの日にこの美しい建築を眺めに中庭に入ってくるおびただしい人々などが描写されている。いったいにドンシエールはまず軍隊の駐屯地であって、ここにプルースト自身が徴兵生活を送ったオルレアンや、友人が兵役を務めていたのを訪ねたことのあるフォンテヌブローの思い出が込められているのは疑いない。しかしドンシエールはもう一つ、近代化の波に洗われていない、「バルザック的な」地方都市を表現したいという作者の意欲を体現する場でもある。ここにはアミアンの思い出も込められているが、このようにディーヴ゠シュル゠メールの記憶も入られているのである。

花咲く少年たち

プルーストはカブールで何人かの少年たちと知り合う機会があった。彼がこれまで付き合ってきた貴族の貴公子や大ブルジョワの子弟たちは彼の好みからすればすでに年を取りすぎていたので、この海辺の避暑地で知り合ったもっと若いブルジョワの青年たちに関心を移していくのである。とはいっても、彼らとの付き合いはおそらくそれほど深いものではなく、プルーストの部屋でおしゃべりしたり、カブールの近郊の農園に車でお茶を飲みにいったりする程度のものだったらしい。そうした若々しい少年たちのグループが『失われた時を求めて』の中の《花咲く乙女たち》となるのである。

そのグループの中で重要な役割を演じた少年が、少なくとも二名いる。一人はマルセル・プラントヴィーニュで、プルーストの回想録を書いた。もう一人は少し遅れて知り合ったアルベール・ナミアスで、彼は一時期プルーストの秘書のような役割を務め、原稿のタイプをしたり、また一九一四年にはニースに逃亡した愛人アゴスチネリを連れ帰るための使者の役割をも果たしている（この役は作品の中ではロベール・ド・サン＝ルーが果たすことになるだろう）。

アルフレッド・アゴスチネリとの出会い

こうしたグループには属さなかったものの、カブールでプルーストに出会った青年がもう一人いる。それがアルフレッド・アゴスチネリで、プルーストがカブール近郊をドライブするときに借りたタクシーの運転手として雇われた。プルーストはこの運転手に強い印象を覚えたようで、彼がパリに戻ったあとに発表したノルマンディーのドライブ旅行記『自動車旅行の印象』には、アゴスチネリの名が実名で引用されている。

それによると、彼らの車が夕方遅くリジューのカテドラルの前に着いたときにはもう暗くなっていて、この大きな教会もよく見えなくなっていた。それをアゴスチネリが自動車のヘッドライトを使って大聖堂を明るく照らし出してくれたのである。そのほかアゴスチネリが車を操作してエンジンの音を変えていくさまをプルーストは聖チェチリアのオルガン演奏にたとえたりしている。このときの出会いはプルーストに忘れがたい印象を与えたのは事実だが、アルフレッド・アゴスチネリが本当に大きな影響をプルーストの人生に与えるようになるのは、一九一三年になってからのことである。

アルフレッド・アゴスチネリ

作品のモデルを求めて

カブールで知り合った青年たちが小説の中の《花咲く乙女たち》のヒントとなったのはまったくの偶然だが、他方プルーストは、一九〇八年になって小説を書き始めてからは、自己の生活のすべてを創作活動に振り向けていたから、時としては創作に必要なインスピレーションを得るために、人に接近するということもあったのである。彼はカブールである貴族の令嬢のあとをつけたこともあるが、これはのちに見るように、作品の中の女主人公と「同衾(どうきん)せずに同棲(どうせい)する」プランのための行為だったと思われる。

またプルーストはパリでもある若い電気技師ルイ・マユーを身辺に引き寄せようとしたが、ある手紙の中で「彼はベルトラン・ド・フェヌロンに似ており、小説の主人公になれるかもしれない」

と書いているとき、やはり自己の作品の中にこの技師のイメージを利用しようとしているのだろう。というのも、ベルトラン・ド・フェヌロンはのちに見るように、作品の中できわめて重要な役を演じる人物の主要なモデルだからである。さらに彼は、やはりパリでブルターニュの貴族の娘ゴワイヨン嬢に強い関心を持ち、彼女の従兄弟にあたるダルビュフラに紹介を依頼したり、彼女の家の家系を教えてもらったりしているが、これは作品中のステルマリア嬢のインスピレーションを得るためであろう。ステルマリア嬢は初期の草稿の中ではカンペルレ嬢と呼ばれ（カンペルレはブルターニュの土地の名で、『失われた時を求めて』の中で土地の名を夢想するところにも出てくる）、ゲルマント家のブルターニュの分家にあたる家の出であり、ブルターニュの土地の詩的な魅力と結びついて、決定稿よりも大きな位置を占めることになっていたようである。このように、このころからプルーストの人生はすべてをあげて作品の制作に向けて進んでいくのである。

出版交渉へ

プルーストが一九〇八年に書き始めた小説は一九一二年にはほぼ原稿の状態でできあがり、特に初めの七一二ページはタイプ原稿も完成したので、彼はこれを元に本を出してくれる出版社を探し始めた。自己の知名度が低いことや、作品の中に同性愛にまつわる背徳的な部分があることから、当初から出版には困難が伴うことを覚悟し、自費出版を申し出たが、それでも交渉はなかなかうまく運ばなかった。ファスケル社とオランドルフ社に断られたあとに交渉したＮＲＦ（ガリマール社）はジッド、シュランベルジェらの新鋭を擁して当時華々しく登場してきた出版社で、そうした作家たちの若々しい息吹を愛したプルーストはここから自著を出すことを強く望んだが、やはり拒否されてしまった。

ＮＲＦのメンバーから見ると、プルーストは、社交界のアマチュアでしかなく、あまりよい先入観を持てる相手ではなかった。自費出版の申し出も、かえって彼らの心証を悪くすることになった。送り返されてきた原稿を包んだひもの特殊な結び目が、送り出したときと同じであったことから、プルーストは原稿の審査を行ったジッドが中身を読みもしないで突き返したと判断した。ジッドはプルーストを社交界に喜々として出入りするスノッブのディレッタント、一言でいえばＮＲＦの理想の対極に位置する最悪の物書きと考えていたのである。四番目に、友人のルネ・ブルムを介して交渉したグラッセ社は逆に鷹揚（おうよう）で、自費出版の申し出に興味を持ったらしく、今度は中身も見ないで出版を引き受けてくれた。世紀の大傑作も出発は多難だったのである。

二　文壇への足がかりを築く

『スワン家の方へ』の出版

こうして『失われた時を求めて』の第一巻『スワン家の方へ』は一九一三年一一月一四日にグラッセ社から発売された。プルーストは知り合いの編集長に運動をして、めぼしい新聞すべてに書評を掲載させることに成功した。目立つところでは、リュシアン・ドーデが「フィガロ」に書き、コクトーが「エクセルシオール」、ジャック＝エミール・ブランシュが「エコール・ド・パリ」、ポール・スーデーが「ル・タン」にそれぞれ好意的な書評を載せた。本の売れ行きも順調で、一二月にはすでに増刷が検討された。

しかしこの本が最も劇的な反応を引き起こしたのはNRFの内部であり、アンリ・ゲオンの皮肉っぽい書評が「新フランス評論」誌に載ったにもかかわらず、先の出版拒否に対する深刻な反省が生まれていた。ジッドとその友人たちは『失われた時を求めて』をまじめに読み、その魅力の虜となった。ジッドはプルーストに手紙を書いて、この本を拒否したことはNRFの犯した最大の錯誤で、彼の生涯の最大の悔恨事となるだろうと述べた。その後、NRFの原稿審査委員会は満場一致で『失われた時を求めて』の残り二巻をNRFから出版すること、第一巻の出版権をグラッセ社から買い取ることを決定した。プルーストはこの決定に自尊心と復讐心の大いなる満足を覚えたことだろう。グラッセ社への義理立てもあって、彼はこの申し出をいったん拒否する。しかし二年後に再度申し出を受けて、考えを変える。その後、長く忍耐強い交渉がグラッセ社との間で始まった。グラッセ社は成功した本を手放すことにはもちろん難色を示した。しかし最後には折れて、以後『失われた時を求めて』はNRFから出版されることになる。

アルフレッド・アゴスチネリとの再会

しかしこのようにプルーストが自己の力作の好評に気をよくしていてよいはずのときに、彼は強い精神的な苦悶の渦中にいた。それというのも彼は、再び彼の生活の中に入り込んできたアゴスチネリへの愛情に悩んでいたからである。アルフレッド・アゴスチネリは一九一三年の春にプルースト家に転げ込むようにして入ってきて、運転手としてもう一度雇ってくれるように頼み込んだ。プルーストはすでにオディロン・アルバレをお抱えの運転手としていたからそれは無理だったが、秘書としてならばという条件で迎えられ、アゴスチネリは妻というふれこみのアンナとともにプルーストの家に住み込むことになった。しかしその少しあとからは、プルーストの書簡の中には苦しみを訴える言葉が溢れるようになってくる。そして、さらに劇的なことが起こる。

この年いつものようにカブールに避暑に出かけていたプルーストは八月四日、近くの海岸ウルガットにアゴスチネリの運転で出かけた途中、何か精神的な危機が起こったかのように、突然荷物も召使いもホテルに残したまま、アゴスチネリの運転する車でパリに逃げ帰るのである。『失われた時を求めて』の中で語り手は二度目のバルベック滞在のおりに、突然、アルベルチーヌと手を携えてパリに出発することによってこの滞在を打ち切るが、このエピソードはこうした実体験から取られたものだろう。

プルーストはやくざなアゴスチネリを手なずけるために多額の金を使ったようだが、それも効果がなく、プルーストからもらった金をしこたまため込んだ彼は、アンナと手を携えて一二月には故郷のニースに逃亡する。彼がニースに戻ったのは、アンナに勧められて、飛行機乗りになる訓練を受けるためである。彼は「マルセル・スワン」というばかばかしくも、感動的でもある偽名を使って飛行士の学校に登録したのだった。当時は自動車でさえまだ珍しく、これの運転手はかなり人気のある職業であったが、飛行機乗りはこれに輪をかけて華々しい成功を約束された仕事だった。だからこうした仕事を志す野心に満ちた庶民の若者には独特の魅力があったのだろう。

プルーストは手紙を書いて飛行機を買ってやるとか、いろいろ甘い言葉を並べ立てたり、あるいはアルベール・ナミアスを派遣してアゴスチネリを呼び戻そうとやっきになったが効果はなかった。そうこうするうちにアゴスチネリは、一九一四年五月三〇日、ニースの近くのアンチーブ上空で訓練飛行中、指示に反して海上に出、墜落して死亡してしまう。

この事件はプルーストの精神生活に大きな衝撃を与え、彼がこの打撃から立ち直るのには長い時間がかかった。その後、彼はさらに家にエルネスト・フォスグレン、アンリ・ロシャといった若い男を秘書として雇い、《囚われの男》とするのだが、彼らはアゴスチネリほどに強い影響力をプルーストに対して持つことはできなかった。

第一次世界大戦

プルーストがアゴスチネリの喪に服している間にも、世界は大きな変動を迎えていた。第一次世界大戦が一九一四年七月に勃発したのである。フランスにとっての第一次世界大戦は日本にとっての第二次世界大戦に匹敵する重要性を持つ戦争だった。二年余にわたるダンケルクからフランドルに至る地方での凄惨な塹壕（ざんごう）戦で、おびただしい死者を出したのだ。この戦争の精神的影響は計り知れないほどで、西欧文明に対する深刻な懐疑が生まれたのも、このときである。

　この巨大な戦争の影は、寝たきりも同然のプルーストの周辺にも迫ってきた。まず出版業者たちが召集され、印刷所も操業を停止したので、出版業務が事実上ストップした。それにプルースト自身も戦争中は自分の本を世に出す気にはなれなかった。さらに彼の周囲の人々が次々と戦争の渦中に身を投じていった。弟のロベールは外科医として負傷者の手術に献身的な活躍をした。ＮＲＦの編集長ジャック・リヴィエールはドイツ軍の捕虜となり、収容所に入れられていた。リヴィエールの義弟で『グラン・モーヌ』の作者アラン・フルニエは戦場で姿を消して二度と現れなかった。親友レイナルド・アーンは志願してムーズ県の危険な前線に出ていた。

　プルーストは新聞を七つも取り、日々戦況を観察していたが、それは戦況をよく把握するためというよりは、友人たちを心配したためである。特に彼を心配させたのはかつて熱愛したフェヌロンが志願して前線に出、そのまま行方不明になったことである。友人たちの期待も空しく、のちに彼の死亡は公式に確認された。「ぼくはいつまでも彼の死を思って、涙を抑えることができないだろう」とプルーストは書いている。アゴスチネリを失い、フェヌロンを失った彼は、ここにおいて本当に自己の青春が滅び去ったことを確認したのである。そしてこの二人の死は、小説の中にアルベルチーヌとサン＝ルーの死として色濃く影を落とすことになる。現実の苛酷な進行が作品の展開を決めているのであった。

セレスト・アルバレ

しかし、こうしてしだいに寂しくなっていく彼の人生にも一つの慰めがあった。それは一九一三年から彼のアパートに家政婦としてセレスト・アルバレが入ったことであった。セレストはプルーストの運転手を務めたオディロン・アルバレと結婚したばかりだったが、プルースト家の家政婦だったセリーヌ・コタンが病気で引退したのに代わって、アパートに住み込むことになったのである。

彼女は素朴で、知性に優れ、大柄で健康であったから、プルーストの気難しい要求にも耐えることができた。午後プルーストの起きるころに濃くて熱いカフェ・オレとクロワッサン（プルーストはそれ以外のものはほとんど口にしなかった）を準備し、また夜中じゅう起きている主人がいつ呼び鈴を押してもいいように、ひたすら待機しているのである。そしてプルーストが機嫌のよいときにはおしゃべりの相手をし、口述筆記もこなし、意見を求められれば作品について感想も述べた。そしてプルーストの健康を考えて、来客を制限することさえした。こうした献身的な奉仕は一九一三年からプルーストの死まで続くことになる。

セレスト・アルバレ

彼の死後、アントワーヌ・ビベスコは、プルーストが本当に愛したのは母親とセレストだけだと断言している。プルーストはセレストの中に、自分にひたすら仕えてくれ、わがままを通してくれるばかりか、自分の仕事をある程度理解してくれる理想の母親に近いものを見出したのである。セレストの思い出を不滅のものとするために、プルーストは小説の中に彼女を実名で登場させたが、そのシーンで彼女に可愛がられている主人公の《私》は、まるで五歳の子供のように甘やかされている。

男娼窟(だんしょうくつ)への出入り

プルーストはセレストに対してはかなり何でも打ち明け、自分がアルカード街一一番地の男娼窟ホテル・マリニーに出入りしていることも隠さなかったが、そこで行われていることについてはさすがに黙していた。

このホテルを経営しているのはアルベール・ル・キュジヤという男で、長らくグレフュール伯爵夫人、オルロフ伯爵、ド・ロアン公爵などに仕えたのち、自己の若さと美貌を武器に貴族、金持ちの相手をすることができない年齢になると、一九一七年の春ごろ、プルーストからの資金援助も得てこの曖昧宿を始めたのである。彼は社交界の流儀、裏話、系譜学に通じていて、その点でもプルーストを喜ばせたが、プルーストがこの男娼窟に頻繁に通ったのは、もちろん自己の特異な欲望を満たすためである。

彼は部屋に若い男を来させて、男の裸体を眺めながら自慰をしたというようなことのほか、部屋に二十日鼠を放ち、それを若い男たちが帽子留めのピンで刺し殺すのを見て楽しんだ。鼠はプルーストが最も恐れていた動物だから、彼はこうした殺害シーンに大変な恐怖と恍惚を味わったに違いない（また『チボー家の人々』の作者として有名なモーリス・マルタン・デュ・ガールの証言によると、プルーストは郊外の小さなホテルで警官の扮装をした若者に守られながら、隣室で雌鳥が絞め殺されるのを聞いていたという）。

さらには貴族の名流夫人、たとえばエレーヌ・ド・シメー大公妃の写真を男たちに見せ、「この淫売は誰だい」といわせて満足していたという。彼らに見せて冒瀆させた写真の中には母親のプルースト夫人のものさえあったといわれている。プルーストの内部には、強い冒瀆欲、サディズムが隠されているのである。大戦下、ドイツ軍の砲撃によって赤々と燃え上がることもあったパリで、この地獄のような男娼窟に出入りしていたプルーストは、自分がまさに聖書の都市ソドムにいる思いがしたことだろう。『失われた時を求めて』の中での曖昧宿で鞭打たれるシャルリュスや、手を血で真っ赤に染める屠殺人（とさつにん）の話はいずれもこのホテル・マリニーでの実際の見聞をもとにしているのだろう。

三　栄光と死

ゴンクール賞

大戦は一九一八年に終わり、ヨーロッパにも平和が訪れた。人々はこの平和の到来を喜んだが、プルーストは亡くなった友人たちのことを思うと心が晴れなかった。そうはいっても世界は日常の歩みを急速に回復しつつあった。一九年になると、『失われた時を求めて』の第二巻『花咲く乙女たちの蔭に』がやっとNRFから出版された。今回は書評の数から判断する限り、世間の扱いは地味で、売上げもNRFが予想したほどには伸びなかった。しかし『スワン家の方へ』が獲得した地歩は確かなもので、この第二巻はそこにもっとよい評価を少しでも上積みすればよかったのである。

選考委員で、リュシアン・ドーデの兄であるレオン・ドーデの強力な支持があったので、プルーストはゴンクール賞の立候補に踏み切った。その結果、六票対四票でロラン・ドルジュレスの『木の十字架』を下して、『花咲く乙女たちの蔭に』が受賞作に決まった。『木の十字架』は戦争小説であり、作者はまだ若かったから、戦争の直後に、新人発掘を目的とするこの賞を受けるにはドルジュレスのほうが適当だ、という批判は当然起こった。しかし現在から判断すれば、プルーストに賞を与えることにより、逆にゴンクール賞は自己の声望をいっそう固めたのである。いずれにせよ彼は長い間待ち望んだ栄光をやっと手に入れることになった。

本への反応

プルーストの本が世に知られるようになってくると書評も『スワン家の方へ』のときのように友人ばかり書くというわけにはいかなくなる。そして一般の評論家の批評の対象になると、彼の気に入らない批評も当然数多く出てくる。たとえば批評家ポール・スーデーはプルーストを「女性的」と評して、作者を大いに悲しませた。あるいはアンドレ・ジェルマンはプルーストを「従僕の情婦になりさがった老嬢」と評して、決闘寸前までいったのであった。

しかしそれよりももっと重大なのは、小説のモデルとなった人々、モデルにされたと信じた人々の反応であった。たとえば高等娼婦ロール・エーマンは自分がオデットとして作品に利用されていると遅ればせに気づき、プルーストに抗議の手紙を書いて絶交したために、プルーストを悲しませた。さらには貴族の友人アルビュフラはサン＝ルーのモデルに自分が利用されていると考え、またシュヴィニェ公爵夫人もゲルマント夫人のために自分が使われたと思い、プルーストとの関係を断った。コクトーは「ファーブルは昆虫について書いたが、昆虫たちに読んでもらおうとは思わなかった」といってプルーストを慰めたという。

だがプルーストが最も警戒したのはロベール・ド・モンテスキューの反応であった。彼はあらかじめモンテスキューを懐柔すべく、彼に原稿執筆を依頼するよう出版社に手を回したり、また一九二一年九月に『ゲルマントの方』のIIが刊行される二週間前には、彼にこの巻を贈ること、そして作品の登場人物のモデルを幾つか漏(も)らすことを約束して、モンテスキューの関心をそらせようとした。モンテスキューはモンテスキューで、シャルリュスの主要なモデルはバルザックの『人間喜劇』に登場するヴォートランだと信じるといっていた。ただこの油断ならない人物について最も警戒しなければならないのは、彼の死後公表されることになっている『回想録』であった。彼が復讐のためにプルーストについて知っていることをぶちまける恐れがあったからである。二一年一二月一一日に彼が世を去ったあと発表された『回想録』は、しかしながら、退屈な、虚栄心に満ちた書というだけで、プルーストを誹謗(ひぼう)するものは何もなかった。

愉しみ

このように戦争時代の暗い世相から、プルーストの栄光時代へと様相は激しく変わっていったが、そうした間、生活にもそれなりの慰めと愉しみがあったし、いつも部屋にこもっていたわけでもない。また彼はブルメンタール賞の選考委員に選ばれ、この賞をジャック・リヴィエールに与えることで、この貧しいNRF編集長の献身的な努力に報いることができた。しかし何といっても、彼にとって喜ばしかったことは、『スワン家の方へ』の刊行以降、そしてゴンクール賞以降、彼のまわりに若くて優秀な作家たちが少しずつ集まってきたことで、その中にはジャン・コクトー、ポール・モーラン、ワルター・ベリー、フランソワ・モーリヤックなどがいた。

彼らと会うときには、もちろん自宅も使われたが、それにおとらず頻繁に使われるようになったのがレストランである。パリでは大革命後、レストランが非常に繁盛するようになるが、十九世紀後半になると、当時いちばんにぎやかだったグラン・ブールヴァール、パレ・ロワイヤル地区にカフェ・アングレ、「スワンの恋」で重要な役を演じるメゾン・ドレなどが栄えた。プルーストの社交生活を見ると、若いときには友人宅と自宅に呼んだり呼ばれたりしていたのが、一九〇〇年前後からはレストランをしばしば使うようになる。これはおそらくその当時の社交界や文芸界の習慣の変化を反映しているのだろう。初めはいずれも一流店であるラリュとヴェベールがよく利用されたが、その後プルーストのひいきはホテル・リッツに移った。そのほかホテル・クリヨン、ホテル・カールトンも使われたが、リッツの優位は動かず、彼はついには「リッツのプルースト」とさえ呼ばれるようになる。リッツでは若い作家のほか、ポール・モーランの許婚（いいなずけ）のスーゾ公女にしばしば会い（彼女はこのホテルで暮らしていた）、またいつものようにボーイたちにチップをばらまき、そこに出入りする男女を観察して小説に使おうとしたり、給仕長オリヴィエ・ダベスカを秘密警察の長のように使ってさまざまな情報を得ようとした。このように彼の生活には決して愉しみは欠けてはいなかったが、それも創作のために利用された。

死

プルーストはすでに一八年ごろから時折訪れる発話障害と顔面の一時的麻痺に気づいていたが、一九年、ポール・モーランの『タンドル・ストック』に求められて序文を書いたとき、自分に訪れようとしている死について語っている。彼はセレストにも、自分が死んで母親に会えるのならば今すぐにでも死ぬのだが、と語ってもいた。このころから彼は死の準備を始めたということができる。そして彼の死に対する心構え、考え方がはっきり打ち出されたエピソード「ベルゴットの死」を二一年に書いた。これはおりからジュー・ド・ポーム美術館で開かれたフェルメール展に出かけ、かつて一九〇二年のオランダ旅行の際にデン・ハーグで見た『デルフト光景』に再会した体験をもとにして執筆したものである。

この日、彼は弱った体を押して、若い批評家ジャン＝ルイ・ボドワイエに付き添われて会場に足を運び、この大好きな懐かしい絵を眺めた。そのあと彼はもう一軒、展覧会のはしごをし、帰宅してからは上機嫌でセレストに『デルフト光景』に再会した喜びを語るのだった。フェルメールの絵を見るために病を押して展覧会に足を運び、会場で倒れて死ぬベルゴットのエピソードには、芸術のためには何事をも犠牲にすべきであり、そして死のあとでも芸術は生き残る、というプルーストの考え方を非常に明快に、そして感動的な筆致で描き出している。

プルーストはこうした信念通りに夜に日を継いで作品の完成に没頭したが、二二年の九月に喘息の大きな発作を起こし、そのあとエチエンヌ・ド・ボーモン家のパーティに出かけて風邪を引いたのがもとで肺炎を併発し、セレストと弟ロベールの看病も空しく、二二年一一月一八日に世を去った。死の直前には、「太った、黒衣の恐ろしい女」を見たと彼はセレストに語っている。また医者と医療に対する強い不信の念を抱いていた彼は、最後まで入院を拒み、自宅で死ぬことを選んだ。享年五一歳。葬儀は一一月二二日に行われ、パリのペール・ラシェーズ墓地に葬られた。現在も父母とともにこの墓地に眠っている。

愛に生きた一生

人間の生活が生産と消費で成り立っていると考えてみると、プルーストの生活は徹頭徹尾、消費生活によって成り立っていたということができる。つまり彼の生活はもっぱら社交生活、バカンス、そして恋愛に向けられたのであった。彼の生きた世紀末のフランスは典型的な消費社会だったが、その中でもプルーストは消費社会のチャンピオンのような生活を送ったのである。個人の生活には公的な（職業）生活と私的生活があるとすれば、彼の生活はもっぱら私的な事柄にのみ注がれていた。ところでこうした世紀末のブルジョワにふさわしい、無為で、怠惰な生活、私的なものしかない生活の核心には、愛情に対する強い志向があったように思われる。プルーストにあっては、家族愛と恋愛、そして友情（恋愛と友情は、彼においては厳密に区別することが難しいのだが）といったさまざまな愛情が非常に大きな位置を占めていた。

しかしながら、彼の愛情に対する意識は非常に屈折したところもあって、一筋縄ではいかないところがある。まず彼が母親と結んだ愛情の絆が強すぎて、それ以外の他人との正常な関係を作り上げることができなかった。彼はすでにリセの学生時代から好意を抱いた友人に対して異常なまでの詮索癖、二人の間の友情の過度の重視、嫉妬深さがあり、友人たちを辟易させていて、こうした姿勢は晩年になっても基本的に変わることがなかった。そして愛情に対して、強い思い入れをするあまり、愛情に対して大いに懐疑的にならざるをえなかったのである。プルーストはあるところで自己の小説を紹介するおりに、自分の小説に出てくるある同性愛者（シャルリュスを指す）は若い男を愛するあまり、若い男に対して厳しいといっているが、同じことがプルーストの愛情生活についても起こったといえるだろう。そしてそれだからこそ、彼は愛情生活を断念して、芸術創造のほうに向かうのだ。このようにいつも野良犬のように愛情に飢え、それを満たすことのできない苦悩に打ちひしがれていたこの人物の愛情体験は、しかしながら、通常人のそれに比べると非常に特異で、広く、深いものであった。彼は母が子に与える献身的な、天使のような愛情もよく知っていた一方、愛欲の地獄的な側面にも通じていた。彼は愛情の最高のものから最低のものに至るまで広く通じている、愛情のスペシャリストだったのである。そしてこのことが彼の人間性ばかりでなく、彼の作品にも深みと厚みを与えていくことになるように思われる。

第二部　プルーストの作品と思想

すでに述べたようにプルーストはかなり勤勉に仕事を続けていたのだが、一般に作者が若い時期を無為に過ごしたと考えられていたのは、彼が幾つかの著作に着手しながらも、完成に至らず、出版しなかったためということがある。そうした著作はほぼ下書きのまま残されている。しかしそこには、それ自体十分に賞味するに足る魅力があるばかりでなく、『失われた時を求めて』という傑作を理解するのに役立つ鍵が幾つも隠されている。したがって本書では、そのように未完のまま死後に出版された作品も同列に扱っている。

しかし考えてみると、『失われた時を求めて』の草稿もそういう意味では同じように重要だということになろう。なぜならば『失われた時を求めて』は、構想から、まがりなりにも完成をみるまで長い時間がかかったために、途中で何度か大きなプランの変更があり、そのために捨てられた断片が多々あるが、その中には、非常に興味深いもの、「決定稿」の理解に役立つものがあるからである。実際、『失われた時を求めて』の初期の草稿にすぎないものが『サント＝ブーヴに反論する』という作品名で公刊されているほどである。したがって、『失われた時を求めて』の草稿も、あまり専門的にならず、一般の読者にも興味深いと思われる範囲内で紹介することにしたい。

第一章　初期の作品

一　『楽しみと日々』

作品の位置づけ

『楽しみと日々』はプルーストの最初の創作集で一八九六年にカルマン・レヴィ社から出版された。ヘシオドスの『労働と日々』をもじった表題を持つこの作品は、短編小説と韻文詩、散文詩、スケッチなどからなる文集で、これにアナトール・フランスの序文とマドレーヌ・ルメールの挿し絵が付いた。出版費用は著者が出したから、一種の自費出版である。一三フラン五〇サンチームという、当時としては破格の値段で発売されたこともあり、また社交界の若きディレッタントの作品と見なされ、まったく売れなかった。この値段はジャック・ビゼーの家で行われた茶番劇で友人たちの嘲弄の対象となり、「フランスの序文が四フラン、ルメール夫人の挿し絵が四フラン、アーンの楽譜が四フラン、プルーストの散文が一フラン、詩が五〇サンチーム」とからかわれた。そして批評家たちからも無視された。

ルメール夫人による挿し絵

作品の構成

ここに集められた作品は、かなりの部分はすでに同人誌「饗宴」、あるいは当時の前衛的文学雑誌「ルヴュ・ブランシュ」に発表されたものだが、「若い娘の告白」のようにここに初めて発表されたものもあり、一方、すでに雑誌に発表された短編「夜の前に」のように、重要な意味を持ちながら収録されなかったものもある。つまりプルーストはこの作品集を編むに当たってはもちろんその構成を考えたのであって、そうした構成に合わないもの、あるいは他の作品と重なる主題を持つものは排除したのである。

『楽しみと日々』の構成を研究したベルナール・ジッケルによれば、この作品は若くして亡くなった友人ウィリー・ヒースに捧げられたあと、冒頭に短編「ヴァルタザール・シルヴァンドの死」を配し、最後には「嫉妬(しっと)の果て」という主人公オノレの死で終わる作品で締めくくるというように、死に取り囲まれた構成を持っているといえる。そして、内部構成をみると、短編小説とその他の作品がサンドイッチのように互い違いに組み合わされていることがわかる。これを二つのグループに分けてみると、中心に置かれた「画家と音楽家の肖像」を境として前半が短編二―エチュード集―

短編二という構成であり、後半も短編二―エチュード集―短編一というように、見事な対称関係を作っている。

象徴派の影響、音楽と絵画

『楽しみと日々』は著者が自己の作風を作り出す以前の若書きだから、ここに先人の影響を見ることはたやすい。まず古典派の影響がある。とくに「イタリア喜劇断章」は登場人物の行動を短文でスケッチすることにより、人間の性格の一面をえぐり出そうとしているが、こうした試みは十七世紀古典主義の箴言(しんげん)作家ラ・ブリュイエールやラ・ロシュフーコーの営為を思わせる。しかし『楽しみと日々』の全体を特徴づけるのは何といっても作品を色濃く覆う象徴派の影であろう。まず何よりも、この作品の中で頻出する言葉は憂鬱、悔恨(かいこん)、夢想、忘却、死、愛、官能、湖畔、田園といった象徴派好みの語彙(ごい)である。そしてすでに述べたように、この若者の処女作は死の影に覆われている。

このような象徴派の影の深さがこの作品の特徴ともなっているが、『楽しみと日々』はやはり象徴派の詩人たちと同じように他の芸術ジャンルに対する強い関心ぶりを示している。文字通り「画家と音楽家の肖像」と題した肖像集では、画家はアルベルト・カイプらオランダ、フランドル系の画家、音楽家としてはショパンら主としてロマン派が取り上げられているが、そればかりでなく、「ブヴァールとペキュシェ」の第二部「音楽マニア」では主人公の二人がワーグナーをはじめとする七人の音楽家に次々と言及していくくだりがある。さらには散文詩「思い出の風俗画」は自己の軍隊生活の思い出を十七世紀オランダの風俗画と重ね合わせて描写しようとする試みである。このように『楽しみと日々』は単に小説や詩といった言語芸術の作品を取り集めたものではなく、あらゆる芸術ジャンルを言語表現の中に取り込もうとする試みであり、そうしたプルーストの志向はずっと『失われた時を求めて』にまで持続していくことになるだろう。

一人の作家の処女作には彼の可能性がすべて含まれているといわれるが、プルーストに関してもそのことはある程度当たっている。なるほど『楽しみと日々』の文体はいささか憂鬱な、くすんだ印象を与え、『失われた時を求めて』の文体のような輝かしさも思い切った愉悦感も見られないが、作品のモチーフの点からいうと、後年、彼の主著の中に現れるテーマがすでに幾つも見られる。そうした観点から『楽しみと日々』の中の幾つかの作品に当たってみたい。

恋の心理

たとえば「ブレーヴ夫人の憂鬱な避暑生活」では、女主人公がもともと何の関心も抱いていなかった平凡な男ラレアンド氏に対して、突然、恋心を抱くようになるさまが描かれているが、そうなったのは、彼が急に旅だってしまったことによる不在感が原因であった。こうした恋の心理は、のちに『失われた時を求めて』の中の「スワンの恋」で、もっと大々的に取り上げられ、分析されることになるだろう。

　また「若い娘の告白」は『楽しみと日々』の中でも最もよく知られた短編だが、この中にも『失われた時を求めて』の大きなテーマが隠されているのを見ることができる。この短編の中で一四歳の少女が一つ年上の従兄弟（いとこ）に誘惑され、快楽に身を任せるが、それを母親が鏡越しに目撃して、倒れて死んでしまう。このように自分にとって最も大事な人を冒瀆（ぼうとく）するというテーマは、もっと強烈な形で『失われた時を求めて』の中で再現されることになる。また、「嫉妬の果て」では、女性の同性愛がすでに扱われており、これが後年大きなテーマに発展することはいうまでもない。

　またこの作品集に収録されなかった重要な短編として「夜の前に」がある。これも女主人公が語り手である主人公に自己のレスビアニスムの体験を告白して、語り手に大きな衝撃を与える話である。これは『ジャン・サントゥイユ』の中のフランソワーズの物語にも、そして『失われた時を求めて』の中のオデットの物語にも、アルベルチーヌの物語にも、まるで妄執（もうしゅう）のように登場するエピソードである。

　このように、『楽しみと日々』は、まだ二十歳代の若い著者が広く深い芸術的素養を持つことを示しているばかりでなく、自己の特異な性癖（せいへき）に目覚め、とまどいながら人生の中に入っていこうとする青年の震えるような心をよく示しているのである。

二　『ジャン・サントゥイユ』

死後出版の小説

『ジャン・サントゥイユ』は作者の死後、一九五二年にベルナール・ド・ファロワの編集によって出版された小説断片集である。この小説はプルーストが一八九五年に書き始めたが、九九年ごろに中断した作品である。その後も幾つかの断片を書くが、結局、放棄してラスキンの翻訳作業に重心を移してしまったことがわかっている。

この作品が未完に終わったのは残念なように思われるが、必ずしもそうでもない。というのは『ジャン・サントゥイユ』に書かれたエピソードは『失われた時を求めて』と重複するものがたくさんあり、これが完成されていれば、『失われた時を求めて』は書かれなかったか、あるいは書かれたとしても現行の作品とは非常に異なったものとなったはずだからである。

『ジャン・サントゥイユ』はそういう意味で『失われた時を求めて』の第一稿と考えることさえできるが、しかし『失われた時を求めて』とはずいぶん異なっていることも確かである。総じていえることは、この作品は若書きにふさわしく、プルーストの実生活を比較的ストレートに反映しているばかりでなく、当時の作者の夢や願望もよく表現しており、そうした点に『失われた時を求めて』との作品のトーンの違いが現れている。しかしそういう意味では、『失われた時を求めて』との類似点あるいは相違点によって、作者が自己の経験や願望をどのように『失われた時を求めて』に昇華させていったかを理解する上で欠かせない資料となっているといえる。

作品の概要

『ジャン・サントゥイユ』は何よりもまず自伝的な小説であり、主人公の成長を時系列に沿って記述するスタイルを取っている。まず冒頭の第一章では、伝統的な小説によくあるように、語り手が小説の草稿を手に入れた経緯を述べる。それによると、この若い語り手は、友人とブルターニュ地方でバカンスを過ごすうちに、コンカルノーの近くの海岸で作家のCに出会う（このCのモデルとなったのは、プルーストがブルターニュで出会ったアメリカ人画家アレキサンダー・ハリソンである）。Cは散歩のおりに昔のことを思い起こすことがあり、灯台守りの家に入って、そこで創作にふけるのだった。Cは作品の原稿を若い二人にゆだね、四年後に亡くなる。この原稿がジャン・サントゥイユの人生を語った物語なのである。

アレキサンダー・ハリソン『海景』

ジャンの幼少年期

ついで「幼少年期」では、《就寝のドラマ》が早くも登場する。ただし舞台はイリエではなく、おそらくこの事件が実際に起こったオートゥイユである。またジャンはシャンゼリゼでジルベルトではなくマリー・コシシェフという名の少女と遊ぶようになる。高等中学時代には彼の親友となるアンリ・ド・レヴェイヨンと知り合うが、三人ほどの友人のいじめにあう。これはコンドルセ高等中学在学中にダニエル・アレヴィやロベール・ドレフュスらがプルーストの挙動を気味悪がってからかったことの反映であろう。

次いでイリエの章では、この地でのバカンス生活の断片が二六も積み重ねられている（イリエはエトルイユ、サルジョーと呼ばれることもある）。そこにはすでにサンザシ、りんごの木、リラの花の描写があり、女中フランソワーズの前身であるエルネスチーヌもいる（モデルとなったエルネスチーヌ・ガルーから取った名前）。ゴーチエの『フラカス隊長』の読書、青髭、ジュヌヴィエーヴ・ド・ブラバンの登場する走馬灯、家族での散歩、町を流れるル・ロワールもすでに存在している。

その次はベグメイユの章で、これは『失われた時を求めて』の海辺の避暑地バルベックの第一稿ともいうべき内容となっている。しかし、ここではプルーストの一八九五年のブルターニュ滞在が唯一の源泉として使われているために、かなり異なる点があることも事実である。海辺の風景、読書、ペンマルクにまで出かけて見た嵐の風景のすばらしさが描かれる。

レヴェイヨンの土地とドレフュス事件

レヴェイヨンの章では、主人公がマルヌ河の流域にあるレヴェイヨンの土地に滞在して、この土地の印象が書き付けられている。ここでは季節のよい時期ばかりではなく、寒い時期の滞在についても触れており、そうした時期に固有の魅力を語っている。これはいうまでもなくマドレーヌ・ルメールの別荘に滞在したときの思い出を書き記したものである。このくだりは『失われた時を求めて』には再録されない。それに続く「マリの醜聞」とドレフュス事件をめぐるページも、『失われた時を求めて』には再録されていない部分である。

社交生活

次いでジャンの社交生活が始まるが、ここでもレヴェイヨン家が彼の社交の中心となる。というよりも彼のさまざまな場所での社交生活はレヴェイヨン家の庇護（ひご）のもとで成立している。レヴェイヨン家は非常に古い家柄の大貴族で、ジャンに対して破格の愛情と厚遇をもたらしてくれる存在であり、若いプルーストがこの部分を書いているときには舌なめずりをするようにしてナルシズムの満足を味わっていたことが容易に想像できる。たとえば、マルメ夫妻というあまり身分の高くない夫婦にジャンが侮辱を受けたとき、レヴェイヨン夫妻の公然たる支持によって侮辱に復讐することができたのであった。このようなエピソードをプルーストが夢中になって書き連ねているのをみると、彼のスノビスムというものの根にあるものがわかってくる。すなわち彼は自己を無条件に愛し、支持を与えてくれるばかりでなく、大きな権力と影響力をもって自己の願望の実現に力を貸してくれる至高の存在を社交界の大立者に求めたのである。

恋愛

その後、ジャンの恋愛生活をめぐる断片が並べられるが、プルーストは女主人公の名について統一を与えておらず、同一の登場人物と思われる女性が複数の名を持っているので、全体をうまく理解することは難しい。登場するうち主要な名前はS夫人、フランソワーズ、シャルロットだが、もし一部の研究者が考えているように、S夫人とフランソワーズが同じ人物だとすると、物語は比較的明快な構造を持つことになる。すなわちジャンはフランソワーズを熱愛するが、彼女に対して同性愛の疑いを抱き、またその他の理由で彼女を離れ、シャルロットに心を移すということになる。こうした愛の移り行きは、実生活の中でレイナルド・アーンからリュシアン・ドーデへと心変わりした事実に照応しているものと思われる。フランソワーズをめぐる物語は比較的完成度が高く、彼女に対する嫉妬をめぐるエピソードもみっちり書き込まれている。これらのエピソードは主として「スワンの恋」にそのまま使われることになるだろう。これに対してシャルロットをめぐる断片は数も少なく、内容も深刻でないものが多く、プルーストが十分に書き込んだようには思われない。

この恋愛の断片群の中には「アントワープの修道女」という奇怪なエピソードが含まれている。ジャンはアントワープに出かけたおり、アンリ・ド・レヴェイヨンの紹介で、ある修道院に隠れているアンリの古い知り合いの女性に会う。彼女はアンリの放蕩相手だったが、今は他の修道女の手前何もできないでいる。アンリの紹介で来たというジャンに対して、彼女は心を許して身を任せてもいいそぶりを見せるが、ジャンのほうがかえって心が冷めてしまい、立ち去る。この奇怪な女性は断片冒頭の説明から、男性同性愛者の偽装された姿と想像されるが、この人物は『失われた時を求めて』の草稿の中ではピュトビュス夫人の小間使いという淫乱な女性として復活し、舞台もアントワープからヴェネツィアに移されることになるだろう。実は『ジャン・サントゥイユ』の中でベルギー、オランダは物語の舞台として（ちょうど『失われた時を求めて』の中でのヴェネツィアのように）、重要な役割を演じることになっていたようだが、詳しいことはわからない。

作品放棄の理由

こうしてプルーストはかなりの量の草稿を書き溜めたわけだが、結局、この作品を放棄するに至る。プルースト自身はこの放棄の原因について、文章の質に満足できなかったとしている。たしかにそれもそうなのだが、他にも問題とすることはあろう。たとえば断片を幾つも幾つも書き溜めてから接合しようとするモンタージュ的な方法は『失われた時を求めて』においても共通する手法だが、プルーストは『ジャン・サントゥイユ』の時代には、それをどのような原理に基づいて取りまとめればよいかわかっていなかった。プルーストは十九世紀の小説家のように、ストーリーの劇的な発展によって物語の展開を図るということがもうできないタイプの作家だったし、またそういうことに容易に頼れない時代になっていたということもある。『ジャン・サントゥイユ』の中にも実は無意志的記憶の例は幾つも見ることができるのだが、プルーストは作品をまとめ上げる構成原理としてはこれを用いることはまだ考えていないのである。

三　ラスキンの翻訳

二冊の翻訳

プルーストはラスキンの翻訳を二冊出している。その一冊は一九〇四年にメルキュール・ド・フランス社から出版された『アミアンの聖書』で、もう一冊は一九〇六年に同じくメルキュールから発行された『胡麻と百合』である。いずれも翻訳者による長い序文と膨大な注が付いており、単なる翻訳とはいえないほどに、プルーストそのものが投入されているものである。

ラスキンは十九世紀末にはすでにフランスにはある程度知られた存在であったが、本格的に知られるようになったのは一八九七年にロベール・ド・ラ・シズランヌが『ラスキンと美の宗教』を出版してからである。プルーストはこの本が刊行されてすぐ読んだ。プルーストはフランスでのラスキンへの関心の高まりに乗ったうちの一人である。その後、彼はラスキン研究に急速に力をつけ、一九〇〇年にラスキンが亡くなったときには「芸術・骨董時報」「フィガロ」に追悼記事を書くに至る。また、この年の四月の「ガゼット・デ・ボザール」誌には「ジョン・ラスキン」と題した長編評論も発表している。そうした仕事の延長線上にラスキンの翻訳があるわけだ。

しかし、彼がこの翻訳に着手するに当たってはもう一つの事情がある。プルーストがいつまでたっても定職に就かないことを極度に心配した両親は、なれるかどうかわからない小説家の道を目ざすよりも、せめて翻訳家としてでも世間に通るようになることを望んだのである。このように、彼の翻訳への着手は両親の願いに負けてという側面があった。実際、プルーストは両親が亡くなると翻訳の仕事は放棄してしまうのだが、しかしこの仕事は予想以上に大きな収穫をプルーストにもたらしたこともまた事実である。

プルースト夫人による下訳

実はプルーストは英語はほとんどできないに等しく、ラスキンの著作も雑誌等に抄訳の出ているのをかき集めて読んだりしていた。自分が行った翻訳も実は母親のプルースト夫人が下訳をしたのである。夫人のきれいな書体による翻訳原稿が現在も残っていて、これは他の草稿とともにパリの国立図書館に所蔵されている。この下訳を元にプルーストは、疑問部分をマリー・ノードリンガーや、またキップリングの翻訳家であるロベール・デュミエールに尋ねて意味を吟味し直し、お得意の文章力を駆使して訳文を整えていった。彼は英語もろくにできない状態で翻訳をしたことを友人たちにからかわれたが、しかし考えようによっては、彼はラスキンの英語はよく理解するに至ったということもできるだろう。

ラスキンの影響

周知のように、ラスキンは単なる美術評論家としてばかりでなく、社会思想家としても同時代に強い影響を与えた人物だが、しかしこの人物はある意味でプルーストと精神的な系譜を同じくしている人物である。有閑階級に生まれ、生活の心配がなく、鋭い感受性を持ち、十分にものを考える時間にも恵まれ、非常に希有な、細かい感情の動きもとらえられるような特別の能力を身につけていた。

プルーストはこうした人物に出会い、自己の内部の資質を深く開発されたのである。すなわち、ものの色彩や形態を注意深く観察して、それを文章に定着する能力、ものごとや感情の微妙なニュアンスを識別する能力、そして心の感動を長々と引き伸ばして叙述する能力をラスキンから学んだ。したがって、プルーストが花や樹木や宝石といったものを描写してみせるときには、そこでは何かしら、いつもラスキンを読んでいるような思いにかられることになる。あるいは逆にラスキンの中には何かしらプルーストを彷彿させる一節を見出すこともできるのである。

またラスキンは栄耀栄華に包まれたヴェネツィアを守るサンマルコ寺院も、フランスの田舎町アミアンのカテドラルも同じ価値を持つことを示したわけだが(このことは、小説家にとってはノルマンディーの田舎町イヴトーさえも一〇〇〇年の歴史を誇るコンスタンチノープルに匹敵する価値がある、としたフローベールを思い起こさせる）、プルーストはこの考えをさらに推し進める。すなわち彼が『胡麻と百合』の序文の中で述べていることによれば、ラスキンの教えによって彼は、作品を書くに当たってその題材となるもの自体はあまり重要性を持たないこと、ごく日常的な村や、庭園や、そこでのささやかな生活ぶりを描くことによっても優れた作品を書き上げることができると悟ったのである。なぜならば詩人はそうしたごく何げない自然や人物の中にあるたぐいまれなる魅力を見出すことができるからだ。そしてそうしたたぐいない魅力の源泉となることによって、自然や人物は、読者の目に特別美しいものとなるからだ。同じ序文の中でプルーストは、実際に少年時代に過ごしたことのある田舎の村の情景を、実演のようにして描写してみせる。この部分が『失われた時を求めて』のコンブレーの章のいわば第一稿となる。

ラスキンの理解

このようにラスキンから多くのものを得たプルーストだが、しかし彼がこのイギリスの作家を本当によく理解していたかというと、いささか心もとないところもある。プルーストは『アミアンの聖書』に付けた序文の中でラスキンの思想の紹介と評価を試みているが、それによると、ラスキンはただ美だけを目的として美を追求した一種の芸術至上主義者として扱われている。プルーストはこのイギリスの批評家の根底には精神的、宗教的な情熱があることを認めていたが、時として美的な価値がすべてのものに優先し、精神的なものがこれに従属させられるとして、これを「美の偶像崇拝」と呼んで非難した。これに対してプルーストは、美をそれ自体として求めることは退廃であり、美とは人生上の他の価値を追求していく途上に現れるものだ、という意味の批判をしている。こうしたラスキン思想の概括は正確とはいえない、というかごく小さな傾向を過大視して批判しているといわれてもしようがないだろう。

ラスキンは弟子のウイリアム・モリスによく体現されたように、社会改革の志向を持ち、またモリスの主唱したような工芸と美の調和ということも考えていた。プルーストがラスキンの社会思想的な側面についてまったく理解を欠いていたのは、彼の英語力の欠如のせいもあるし、またド・ラ・シズランヌの紹介書の影響を強く受けたためもあろうが、根本的にはこうした宗教的、社会的な情熱というものに鈍感になっていた世紀末のフランスの知的雰囲気のせいかもしれない。

四　パスティッシュ（模作）

プルーストとパスティッシュ

どんな作家にも文体の癖があり、たとえば三島由紀夫は「あえかな」という形容を好んで使ったが、そのように、語彙、言い回しなどのレベルで作家の個性を識別することができる。こうした特徴を取り集めていかにもその作家のものらしく作った偽の文章をパスティッシュという。声帯模写の文体版と考えればよいだろうか。プルーストは声帯模写も得意だったが、パスティッシュも得意で、友人への手紙や短いエッセーの中でその腕を示していたが、ある滑稽な社会的事件が起こったのを機会に自己の模作の腕を世に問うてみることにした。

ルモワーヌ事件

ルモワーヌ事件というのはプルースト自身が「バルザック的」と形容した詐欺事件で、ロンドンでルモワーヌという名のフランス人の技師がダイヤモンドを人工的に作り上げる方法を発見したと称して、ダイヤモンド鉱山会社、デ・ビアス社の社長ジュリアス・ワーナー卿から給料三か月分の総計六万四〇〇〇ポンドをだまし取った事件である。ルモワーヌはさらにデ・ビアス社の株が下落するのを狙ってこれを買い占め、相場が戻ったときにこれを売り払って大儲(もう)けすることも計画していた。この事件は世論の注意を大いに引いたが、そればかりでなく、プルースト自身の個人的な関心も強く引くところがあった。というのは彼はほかならぬデ・ビアス社の株券を所有していたからである。いずれにせよ、この浮世離れしたばかばかしい事件は、模作という滑稽さを狙うジャンルの素材としてはうってつけのものであった。

プルーストはこの詐欺事件が公になった一九〇八年の一月直後から一九〇九年にかけて、この事件を種に、フランスの何人かの古典的な作家の文体を用いて戯文を「フィガロ」紙に発表した。まず七年の二月二二日付には、バルザック、エミール・ファゲ、ミシュレ、そしてゴンクール兄弟の模作が発表され、次いで三月一四日付にはフローベール、サント゠ブーヴ、そしてルナンの分が発表された。しばらく間をおいて九年の三月六日付ではアンリ・ド・レニェの分が発表された。

プルーストは他の作家のパスティッシュも完成させてもっと大規模な模作集を作る計画があり、書簡の中でそのことに言及したり、また草稿帳の中で実際に他の作家についての試作を試みたりもしているが、一九一九年になって『花咲く乙女たちの蔭に』と同時に『模作と雑録』を刊行したときには、既発表の八編に、サン＝シモンの分が新たに追加されたのみだった。一九〇八年当時のフランスでは、ポール・ルブーとシャルル・ミュレールという模作作家が人気を博しており、彼らが一月にやはり「フィガロ」にパスティッシュを発表した（もっともこれはルモワーヌ事件とは関係がないが）ことが直接の刺激になっているのではないかといわれている。

模写の天才プルースト

こうしたプルーストの模作の才能は、どんな形の他者の自我にも合わせることのできる、いわばカメレオン的な自我をプルーストが持っていることを想像させる。そして実際その通りで、彼は芸術作品に耽溺（たんでき）するあまり、他人の作った作品の精神に一体化してしまうことがよく起こったのである。プルーストは、ちょうどスワンがオデットの顔にボッティチェリを見出して大喜びしたように、現実の中に芸術上の美を見出すとひどく感動する癖があったが、こうした現象は、彼の耽溺的な性格のためである。彼の内面は本当のところは、むさぼるように享楽した芸術作品によって混乱していた。したがって彼はこうした混乱した自己を何らかの手段で整頓する必要も感じていた。

一方、模作というものはきわめて怜悧（れいり）な客観的観察の成果でもあって、実は鋭い批評精神から生まれるものなのである。プルーストはあるエッセーの中でこう書いている。「必要なのはまず意識的に模作して、その後再び独創的になれることであり、無意識裏に一生の間模作し続けるのを避けることである」と。彼は自分に多くのものを与えてきたこうした作家たちの影響力にはっきりした形を与えることによって、真の自己を洗い出す必要を感じていたといえるだろう。というよりも、彼にとっては他人の作品を模倣することが真の自己を発見する過程として必要なことであった。彼は別のところでこう書いている。「巨匠が感じ取ったものを自分自身の中で再創造しようと試みることは、各人が自分自身感じている事柄を意識化するに当たっての最良の方法である。そのような深い努力によって、われわれは巨匠の思想ばかりでなく、われわれ自身の思想をも明るみに引き出すことができる」と。

　彼は自己に固有な内的ビジョンをやすやすと発見したのではなく、またその表現技術を簡単に作り出したわけではない。彼は長い、おびただしい読書やその他の芸術体験をへて、混乱やとまどいをも経験しながら自己を発見していった。しかもそうした発見された自己なるものは、ある意味ではさまざまな芸術作品の寄せ集めによって表現できるような性格のものであったことも事実である。彼はパスティッシュを、自己自身を広げ、深める手段、自己自身を深いところで発見する手段としていた。

しかしそうはいっても、こうした模作は彼にとってはとりあえずは絶好の気晴らしであり、「フィガロ」にこれを発表したときも、ルブーやミュレールの向こうを張ってちょっとした評判を取ればよいというぐらいの、ごく軽い気持ちであったかもしれない。しかしこの営為はのちに見るように、プルーストの創作生活の中で大きな意味を持つことになるだろう。この模作の仕事に刺激されて、彼はサント＝ブーヴ批判をはじめとする評論の仕事に着手する。というのは、その評論の対象となったのはサント＝ブーヴ、バルザック、フローベールのように、模作のモデルとなった作家が多いのである。

模作から『サント＝ブーヴに反論する』へ　模作と批評（『サント＝ブーヴに反論する』）との間にははっきりした関係が存在する。たとえば、バルザックの模作のあるくだりをみてみると、次のような文が目にとまる。

［デスパール］伯爵夫人――夫人はブラモン＝ショーヴリー家の娘でナヴァラン家、レノンクール家、ショーリュウ家とも縁続きだった――は新来の客が来るたびに右手を差し出していたが、その手こそ、クロード・ベルナールにも匹敵する当代随一の知者にして、ラヴァテールの弟子で

もあったデスプランが、自分の診たうちでもっとも計算高い手と評したものであった。突然、ドアが開いて、少壮小説家ダニエル・ダルテスが現れた。ラヴォワジェとビッシャ――有機化学の創始者である――の才能をあわせ持つような精神界の物理学者のみが、卓越した人物たちの足音の特別な響きを形作る要素を抽出することができることだろう。

ここではいうまでもなく、虚構の人物（デスプラン、ダルテスのような）と現実に存在した天才たち（クロード・ベルナール、ビッシャら）が併置され、前者が後者に匹敵するほどの大人物であることが示されている。これはバルザックが『人間喜劇』の中でよく実行した手口である。このことはのちの評論『サント＝ブーヴに反論する』の中でプルースト自身がはっきりと指摘していることである。

「バルザックの描き出す」この中途半端な現実は、人生というにしてはあまりにも空想的だし、文学というにしてはあまりにも低俗すぎるので、彼の文学の中では往々にして、人生から得る楽しみとあまり違わない楽しみを得ることになるのです。偉大な医師や芸術家の名を引用するに当たって、実在の人物と彼の作品の中の虚構の人物をごたまぜにして、「彼はクロード・ベルナール、ビッシャ、デスプラン、ビアンションの才能をもっていた」と言ったりするのは、純然たる錯覚ともいえないのです。

つまりプルーストは、パスティッシュで実演してみせたことを『サント＝ブーヴに反論する』で理論的に考究しようとしているのである。実際、ある書簡によれば、プルーストはパスティッシュと、そしてそこで扱われた作家に対する批判（つまり、『サント＝ブーヴに反論する』にあたる）を一つの書簡に集めることも考えていた。

パスティッシュと『失われた時を求めて』　この理論編と実践編を一緒にして出版する計画は実現しないで、「実演」編」はのちに『模写と雑録』の中に独立して収録されることになる。そして評論部分も独立して、『サント＝ブーヴに反論する』の重要な構成要素として、『失われた時を求めて』の創造過程に重要な役を演じることになる。ところで、それでことがすんだというわけではなく、パスティッシュから批評を経由した作家論は、『失われた時を求めて』の中にダイレクトに影を落としているのである。たとえば、上に引用したバルザックのパスティッシュの例を取ってみると、「スワンの恋」の冒頭に次のようなくだりを見ることができる。

ヴェルデュラン家の「小党派」「小グループ」「小さな核」に所属するためには、一つの条件が必要であり、かつそれで十分だった。それはすなわち、ある信仰告白(クレド)を承認することであったが、その条項にはこの年ヴェルデュラン夫人に庇護(ひご)されて、「ワーグナーをこれほど上手に弾くなんて信じられない」と言わしめたピアニストがプランテやルービンシュタインを「超えている」ということ、そしてコタール医師がポタンよりも見立てがうまい、というのがあった。

ここでも虚構の人物（ピアニスト、コタール）と実在の名（プランテ、ルービンシュタイン、ポタン）が何の区別もなく共存しているのが見てとれる。これを書いているときのプルーストは、バルザックの卑俗な現実感覚とヴェルデュラン夫人の背伸びぶりを二重映しにして笑っているのだろう。つまりヴェルデュラン夫人のサロンは何よりもまず、バルザック風な卑俗な喜びの支配する場所として設定されていることになる。しかしこのように見てみると、『失われた時を求めて』という作品はわれわれがまだ十分に知りえていないほどにさまざまな作家のパスティッシュで満ちているのかもしれないのである。

表現形態の模索

このように彼は十代からすでにかなり勤勉に創作の仕事に励み、作品を発表したり、しなかったりしながら過ごしてきた。しかし彼は必ずしも自己の仕事に満足していたようには思われない。というのは彼の書いたものにはある大きな欠陥があって、それをどうしても克服することができなかった。それはしっかりした構造を持った大きな作品を作ることができないということだった。彼の作品は『楽しみと日々』にしても、『ジャン・サントゥイユ』にしても、断片の集積に終わっている。しかしそれは一概に彼の能力不足として片づけられない問題を含んでいる。『楽しみと日々』の中の個々の短編を見ると、彼はけっこう巧みなストーリー・テラーとしての能力をうかがわせており、決してそういう才能が不足していたようには思われない。彼は本当に表現したい自己をまだ十分に発見していないということもあるが、それよりも彼が表現したいと考えているものは小説とも、詩とも、エッセーともつかないものであって、それを表現すべき適当な器を見つけることができなかった。それを発見することが、真の傑作を完成する鍵となるのである。

第二章　『失われた時を求めて』

一　梗　概

『失われた時を求めて』はフランス語原文で三〇〇〇ページを超える大作であり、限られた紙数でその要約を与えてもきわめて大雑把なものしかできない。しかしこの小説の全体を貫く構成、作者自身の言葉によれば「交響曲」「大伽藍（がらん）」のような複雑な構造を理解するよすがとして、やや無理を承知でごく簡単に作品の要約を試みてみたい。全部で七巻に分割された構成は必ずしもプルーストの意思に基づいて分けられたのではなく、出版技術上の要請（たとえば一つのまとまったエピソードが長すぎてあまりにも分厚くなるので二つの巻に分けたとか）に従ったものもあるが、一応、尊重して要約を試みることとする。

第一巻『スワン家の方へ』　まず冒頭でいきなり、夜眠れずに半睡状態でベッドにいる語り手が登場して読者を驚かす。これは明示されていないものの、大人になった語り手がサナトリウムで過ごしている時代のことである。療養所なので夜早く寝なければならないのだが、寝つかれずにいるうちに、彼が過去に過ごしたおおよそ七つほどの部屋を思い出す。ついで彼はバカンスで過ごした田舎町コンブレーでのある忘れられない思い出を語る。近隣に住むスワン氏が語り手の家を訪れた日、まだ幼い語り手は来客中にもかかわらず、母を無理やり寝室に呼び寄せ、いつも通り母の接吻をせがんだために家中の顰蹙（ひんしゅく）を買ったのである。これはその気になればいつでも思い出せる意志的記憶の例だが、ここで語り手はもう一つの記憶、無意志的記憶の例を語る。以前、彼はパリで紅茶にひたしたプティット・マドレーヌ菓子を食べたときに、同じ体験をコンブレーでしたことを思い出し、そのことによってコンブレー全体の思い出がよみがえってきた体験を語る。物語はこうしてよみがえってきたコンブレーの全部を描写し始める。

まだ幼い語り手はよくレオニー叔母の家に滞在して、そこから散歩に出かけることがよくあったのだが、そのコースには二つあった。一つはスワンの家に向かうコースで、その道すがら、庭の生け垣の向こうからじっとこちらを見ているスワンの娘ジルベルトに出会ったりした。もう一つはゲルマントのお城にまで行くコースで、この城には半ばおとぎばなしの主人公となっているジュヌヴィエーヴ・ド・ブラバンの末裔（まつえい）であるゲルマント公爵夫人が住んでいて、語り手はペルスピエ医師の娘の結婚式のおりに彼女を見かける。

第二部「スワンの恋」

ここで物語は約一五年ほど昔に戻り、ジルベルトの父スワンがオデットに恋をして結婚するまでを語っている。社交界に出入りするディレッタントのスワンは、高級娼婦のオデットとヴェルデュラン家のサロンで会っていてもあまり好みではないので関心を引かれないでいたが、あるときちょっとした行き違いで会えなかったことをきっかけに彼女に恋着するようになる。しかしオデットは浮気な女でフォルシュヴィルとも関係があり、彼をさんざんに悩ます。スワンはオデットとの交渉にかまけて念願の著作を仕上げることもできない。そして、恋の冷めたあと、彼女と結婚する。

第三部「土地の名、名」は土地の名についての夢想、そしてシャンゼリゼでのジルベルトとの子供らしい恋の様子が語られるが、この部分は、次の『花咲く乙女たちの蔭に』の第一部と一つのまとまりをなすべきものである。

第二巻『花咲く乙女たちの蔭に』

まず第一部の「スワン夫人をめぐって」はダイレクトに既述の「土地の名、名」に接続するもので、ジルベルトの家にしだいに入り込んでいった語り手は、彼女が必ずしも自分を歓迎してくれないことを知って自分のほうから身を引く決意をする。しかしスワン夫人のサロンには出入りを続け、そこで作家のベルゴットと知り合う。次の「土地の名、土地」では、二年後に語り手はジルベルトとの恋の痛手も癒えて祖母と女中のフランソワーズを伴ってバルベックに避暑に出かける。語り手は海辺で祖母の昔の学校友達であるヴィルパリジ侯爵夫人と知り合いになることから始まって、ロベール・ド・サン＝ルー、シャルリュス男爵というように、ゲルマントの一族と知り合う。その後、語り手は浜辺で若い娘たちの一団を見かけるようになる。画家のエルスチールに紹介されて知り合ったアルベルチーヌ、アンドレ、ジゼールらはバカンスで来ているブルジョワの娘たちで、語り手はその中でもアルベルチーヌに特に惹(ひ)かれるものがあった。彼女としだいに親しくなった語り手は、ホテルのアルベルチーヌの部屋で彼女に接吻しようとして、ベルを鳴らされる。

第三巻『ゲルマントの方』　この巻は語り手の一家がゲルマント家と同じアパートに引っ越すところから始まる。表題の示すように、ゲルマントの世界に語り手がしだいに入り込んでいくさまが主要なモチーフである。語り手はゲルマント夫人に紹介してもらおうと願い、夫人の甥(おい)に当たるサン＝ルーに紹介を頼むために彼が駐屯(ちゅうとん)しているドンシエールに出かける。サン＝ルーとの交渉はその後も続き、パリに戻ったサン＝ルーとその愛人ラシェルと会い、二人の波乱含みの関係に立ち会うことになる。ラシェルはかつて語り手が娼婦の家で会ったことのある女性であった。ヴィルパリジ侯爵夫人邸でのマチネでゲルマント一が終わったあと、二の第一章では祖母の病気と死が語られる。続く第二章では語り手は念願かなってゲルマント公爵邸に招待され、そこでシャルリュスの曖昧(あいまい)な態度の意味がわからずに困惑したりするが、このころになるとゲルマント夫人に対する熱も冷めて、希望の実現があまりうれしく感じられないのであった。それというのも、彼はアルベルチーヌに再び関心を向けるようになったからである。

第四巻『ソドムとゴモラ』

ソドムとゴモラはいうまでもなく聖書に登場する同性愛の町であり、これまで作品の中でわずかにほのめかされてきたにすぎないこのテーマがこれから本格的に取り上げられることになる。『ソドムとゴモラ』一では、語り手のアパートの一階で仕立て屋を営むジュピヤンとシャルリュスが中庭で偶然出会い、見つめ合い、動物のように求愛の行為をし、そして二人で部屋に入っていくさまを描いている。続いて、二では語り手はゲルマント大公妃邸に招待される。次いで彼は二回目のバルベック滞在に出かけるが、初日にホテルの部屋で靴のひもを結ぼうと身をかがめたとき、かつてこの部屋で過ごした祖母の思い出が激しい勢いでよみがえってきて、祖母の死を本当に実感するのであった。その一方、シャルリュスも再びバルベックに現れ、近くのラ・ラスプリエールの別荘を借りて夏を過ごしているヴェルデュラン家に、ヴァイオリン弾きのモレルとともに登場する。このようにソドムの愛が露出してくる一方、ゴモラも浮上してくる。それは他ならぬアルベルチーヌで、彼女がカジノでアンドレと胸をくっつけ合って踊っているとき、彼女らは陶酔(とうすい)の絶頂にあると医師のコタールに指摘されて、語り手は疑念を抱くのだった。しかし一方では、彼はアルベルチーヌに早くも倦怠（けんたい）を感じることもあり、一時期は結婚も考えたことが気違いざたのように思えるのだった。こうして彼がアルベルチーヌとの関係を清算しようと決意した瞬間に、アルベルチーヌは、自分がかつてトリエステでヴァントゥイユ嬢の女友達に半ば育てられたも同然であるという。この話を聞き、かつてコンブレーのモンジューヴァンで、ヴァントゥイユ嬢と女友達の同性愛のシーンを目撃したことのある語り手は、嫉妬（しっと）のあまり急遽（きゅうきょ）彼女をパリに連れ帰り、ヴァントゥイユ嬢の女友達に会わせぬように家に住まわせることに決める。

第五巻『囚われの女』

この巻はタイプ原稿には「ソドムとゴモラ三の第一部」という副題が与えられていたこともあり、前の巻に続いて同性愛の世界を中心に展開する。語り手はアルベルチーヌとパリで共同生活を始め、いつも彼女の存在を隣の部屋に感じながら暮らしていくようになる。彼女は「囚われの女」だが、実際には語り手のほうが病弱のために家にこもりがちであり、彼女のほうはアンドレに付き添われて散歩に出たりして、語り手の嫉妬をあおっている。このあと、語り手はヴェルデュラン家の夜会にヴァントゥイユの七重奏の初演を聴きにいく。これはシャルリュスがモレルを社交界に押し出すために仕組んだ夜会だが、客たちがヴェルデュラン夫妻を無視したために夫妻の怒りを買ってしまう。夫妻は、ちょうどかつてスワンとオデットとの仲を最後は邪魔したように、モレルにあらぬことを吹き込んでシャルリュスとの仲をだめにしてしまう。家に帰った語り手を待ち受けていたのは、アルベルチーヌに対する嫉妬の地獄だった。彼女の言動のすべてが語り手の疑念と嫉妬を誘発することになり、彼は耐えがたい思いをする。しかしその間にも、語り手のヴェネツィアへの旅立ちの想いはいやましに募るばかりで、そのためにはすでに強い倦怠も感じているアルベルチーヌと別れねばならないと考える。しかし彼女に別れを切り出そうとした朝、彼が起きてみるとアルベルチーヌは荷物をまとめて出奔（しゅっぽん）していたのであった。

第六巻『消え去ったアルベルチーヌ』　この巻は「ソドムとゴモラ三の第二部」という副題が一時期付けられていたことに示されるように『囚われの女』と対をなすもので、アルベルチーヌの逃亡と死、そして語り手の苦しみと忘却を主要なモチーフとする。

アルベルチーヌの逃亡にショックを受けた語り手は別れようとしていたことなどきれいに忘れ、彼女を帰還させるべく、サン＝ルーを使者として、アルベルチーヌの伯母のボンタン夫人に働きかける。またそれと並行して彼女と手紙をやりとりし、高価なロールスロイスの車を餌に、何とか戻らせようとする。しかしボンタン夫人から知らせがきて、アルベルチーヌはトゥーレーヌで乗馬中に馬から落ちて死亡したのであった。「できれば戻りたい」という彼女の手紙が配達されたのは死の知らせのあとだった。彼は忠実な人物エメをやってアルベルチーヌの行状を調べさせると、やはり同性愛の行為が次々と出てきて、彼女の死後も語り手を嫉妬で苦しめることになった。

しかしそれでも苦しみは少しずつ和らいできたが、彼女の思い出を忘却していくには三つの段階が必要であった。まずフォルシュヴィル嬢の出現で、彼は最初この娘が誰であるかを知らずに強い好奇心を抱くが、すぐこれがジルベルトその人と気がつく。第二の段階は半年ほどあとに行われたアンドレとの対話で、それによってまたアルベルチーヌの過去の行状がある程度明らかになるが、真相は闇の中だった。最後の段階は語り手のヴェネツィア滞在で、この滞在中に彼はアルベルチーヌを思い出させる幾つもの要素に出会う。その中の最大のものは彼女の着ていたフォルチュニーの衣装の元になったカルパッチョの絵『グラドの司教』であったが、これを見て彼女のことを思い出しても、彼はもう何の感興も湧かないのであった。


第七巻『見いだされた時』　この『失われた時を求めて』の最終巻はコンブレーのタンソンヴィルのジルベルト邸への滞在の続き、大戦下のパリでのシャルリュス、そしてゲルマント大公妃邸のマチネの三つの部分に分かれる。本当の意味で最終巻の表題に合致するのは大公妃邸のマチネである。

タンソンヴィルで語り手はジルベルトから、かつてはまったく正反対の方角と思っていたスワン家の方とゲルマントの方が意外な近道でつながっていると知らされ、二つの方向が決して対立したものではないことに思いを致すのであった。次いで彼はゴンクール兄弟の日記（これ自体プルーストによる模作）を読み、芸術作品がもたらすものはこの程度のものかと懐疑的な気持ちになり、また自己の才能も疑う。その後彼は病気を治すために療養所に入り、一九一六年まで滞在する。戦時下のパリに戻った彼がドイツの飛行機の爆撃を避けようとして飛び込んだホテルはジュピヤンが経営する曖昧宿で、その一室ではシャルリュスが鞭打たれているのであった。

数年後、療養所から再びパリに戻った語り手はゲルマント大公妃邸でのマチネに招待されて出かけるが、邸宅の中庭で不揃いな敷石につまずいた瞬間、ヴェネツィアで同じ体験をしたことを激しい喜びと一緒に思い出す。中に入って演奏会が終わるのを図書室で待っている間にも、固いナプキンの感覚、スプーンのぶつかる音によって、かつてのプティット・マドレーヌの体験と同じ喜びを味わう。そこで彼はこの本当になまなましくよみがえってきた過去を芸術作品の中で表現すればよいことを悟り、彼の書くべき小説の構想を得る。すなわち自己の浮薄で、無意味に見えた人生もそのまま小説の素材となるのであり、大事なのはそうしたささやかな生の軌跡を見る目なのだと悟る。

サロンに出ると多くの知り合いがそこに集まってきている。彼の人生を横切っていった人々がことごとくコンブレーの出身であるのと同じように、かつて語り手の人生にまじわったほとんどの人々がここに集まってきたのである。しかし彼らは皆ひどく老いて見分けがつかないほどになっていた。その中で語り手の注意を引いたのはサン＝ルーとジルベルトとの結婚によって生まれたサン＝ルー嬢であった。彼女はコンブレーにあった二つの方角を統一しているばかりでなく、スワン家とゲルマント家のすべての人脈を統合しているのだった。こうして語り手は自己の書き上げるべき作品についてのアイデアを得る。それは時の破壊力と時のもたらす至福をめぐる小説であり、まさにこれから彼は、自己の残り少なくなった時と競争で書き上げようとする。こうして「時」という言葉で始まり（「長い時間、私は……」）、そして「時」という語で締めくくられる小説は終わる。

二　作品の生い立ち

作品の完成まで

プルーストがその一生を投じた小説には長い時間と膨大な精力が投入されている。時間からいっても、プルーストは一九〇八年に作品に着手し、一八年ごろに清書原稿に「終わり」と書き入れるまでに一〇年あまりをかけているし、しかもその後、タイプ原稿、ゲラ刷りに大々的に手を入れているうちに、完成を見ずに二二年に亡くなる。また清書原稿の完成までに二回の作品プランの大きな改変があり、さらには亡くなる直前にも『消え去ったアルベルチーヌ』以降の改変を試みている、という説もある。

このように『失われた時を求めて』の原稿は長い歴史を持ち、それ自体非常に興味深い発展の歴史を持つ。途中で消えていった登場人物、逸話も多い。したがって、この長大な作品の生成の歴史をあまり専門的にならない範囲で祖述してみたい。

(a)『サント＝ブーヴに反論する』

「表層の自我」と「深層の自我」　プルーストは母の死の打撃から癒えて、しだいに創作の気力を蓄えるようになっていたが、一つには一九〇八年の初頭に書いたパスティッシュが直接のきっかけとなって評論活動への意欲を持つようになった。すでに一九〇五年ごろからサント＝ブーヴに対する批判を書く気持ちを持っていたようだが、これは単なる批評文といったものではなく、なぜサント＝ブーヴが同時代の作家たちの評価を誤ったかという一点をめぐって、この著名な批評家の根本的な欠陥を暴き出そうとする攻撃的な意図をもって書かれることになった。

プルーストによれば、サント＝ブーヴは同時代のスタンダール、バルザック、フローベールらをその外的な人となりで判断しているために、彼らの作品に対する評価がことごとく間違ったという。プルーストはこれに対して人々が日常の生活を送るのに用いている「表層の自我」と、作家が自己の芸術作品の中に表現する「深層の自我」とはまったくの別物であると主張する。そしてある作家を評価するためには彼の外的な生活ではなくて、彼の深い自我を表出している作品にのみ即して考えるべきであるとする。

こうした考え方は二十世紀の文学に非常に大きな影響を与えることになるが、しかしこの主張は、何よりもまずプルースト自身の自己弁明として打ち出されたことに注意しておく必要がある。それというのも、もしもプルーストが想像したようなやり方でサント＝ブーヴが彼を評価したならば、プルーストは単なる社交界に出入りするスノッブのディレッタント、ユダヤ人の同性愛者以外の何ものでもないことになり、彼としては立つ瀬がないことになるからだ。つまり彼のサント＝ブーヴ批判は彼のぎりぎりの自己弁明の書、最も深い内発的な欲求に裏づけられた著述なのである。『失われた時を求めて』という作品が、こうした自己弁明への欲求を根底に持っていることは注目に値する。

ボードレール、バルザックらの評価

プルーストはサント＝ブーヴ批判のためにこの批評家の著述を読み返していたが、しかしサント＝ブーヴだけにかまけていたわけではない。彼は自分の書いたバルザック、フローベールらの模作に刺激されてそれらの作家の評論を書くことを始める。この二つの作業はお互いに無関係な営為ではなかった。というのは、プルーストが取り上げた作家たちは、まさにサント＝ブーヴによって軽視された人たちであるからだ。その結果、彼のサント＝ブーヴ批判は単なるサント＝ブーヴ論であるばかりでなく、彼によって軽んじられた作家たちの復権の試みともなっていく。実際、プルーストの鑑識眼の鋭さは恐ろしいほどで、彼が取り上げているバルザック、ボードレール、ネルヴァルといえば、現在ではフランス文学史の中で押しも押されもせぬ名だが、当時は現在ほどの高い評価を受けていなかったことを銘記しておく必要がある。こうして彼の『サント＝ブーヴに反論する』は一種の評論集としての形を整えていくことになる。

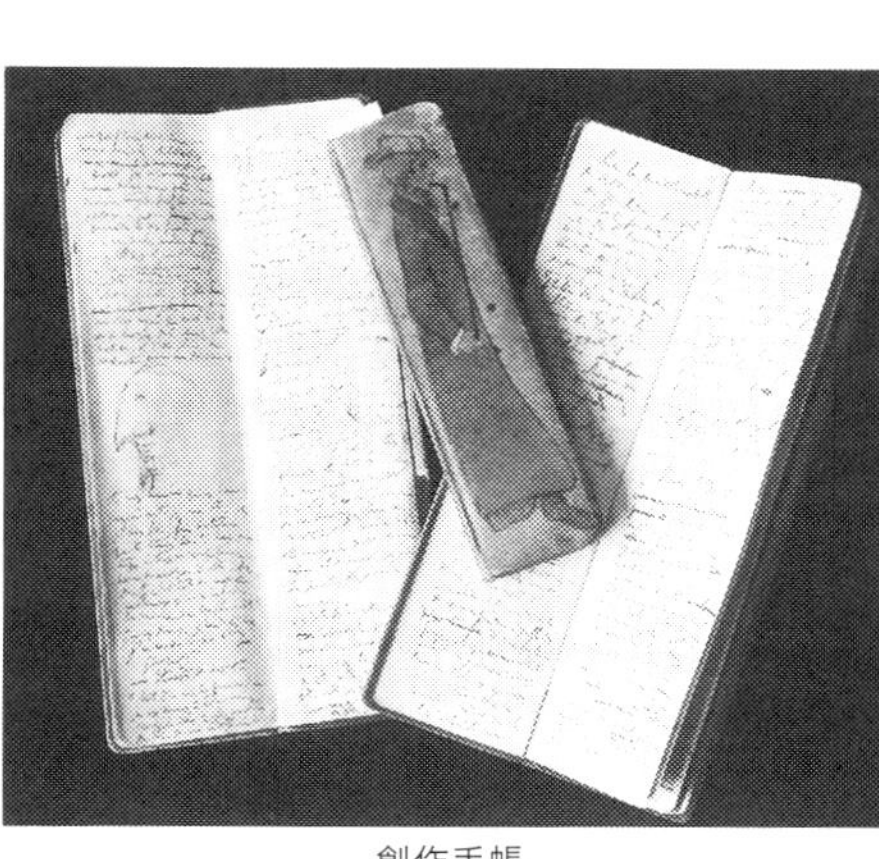

創作手帳

創作の開始

しかしそればかりでなく、彼は虚構の作品の創作にも手を染めていた。そして一九〇八年の一月にはすでにある短い断片もものしている。これは現在「ロベールと子山羊」と題されてファロワ版の『サント＝ブーヴに反論する』に収録されており、これがおそらく来るべき大小説の最初の一歩となるのである。このように彼はこのころから創作力の開花、横溢を経験することになるが、しかし彼は自己の溢れる創造力に対して最終的にどのような形を与えたらよいのかわからないでいる。

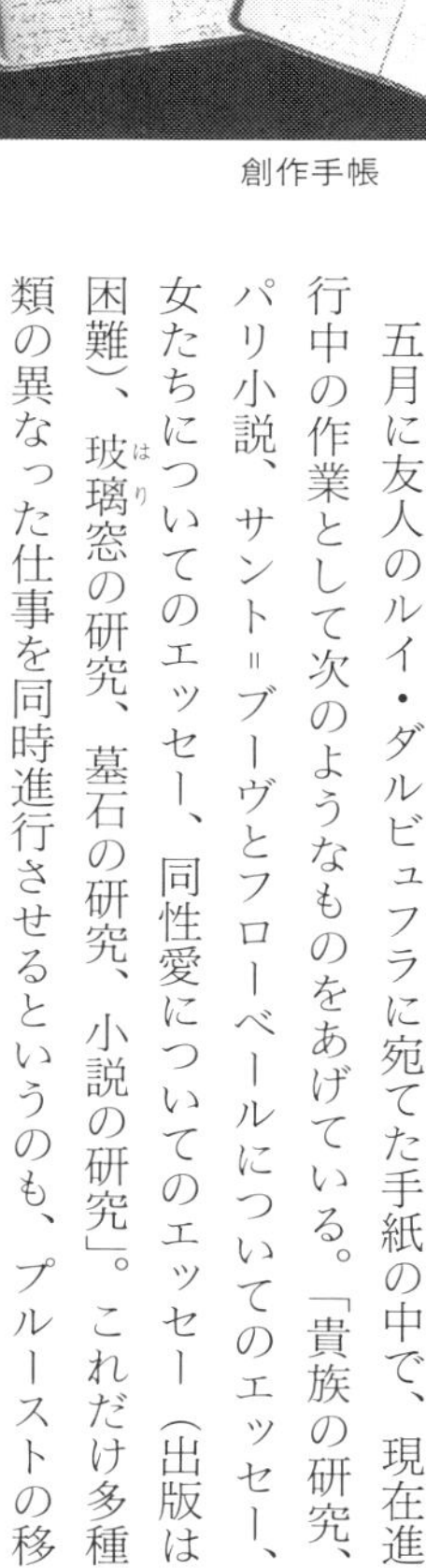

五月に友人のルイ・ダルビュフラに宛てた手紙の中で、現在進行中の作業として次のようなものをあげている。「貴族の研究、パリ小説、サント＝ブーヴとフローベールについてのエッセー、女たちについてのエッセー、同性愛についてのエッセー（出版は困難）、玻璃窓の研究、墓石の研究、小説の研究」。これだけ多種類の異なった仕事を同時進行させるというのも、プルーストの移

り気な性格を物語っているが、同時に彼が本当に表現しようとしていることが、必ずしも既成のジャンル分けに当てはまらないことを示していると考えることができるだろう。ちなみにここで列挙された仕事は、そのままではないにしても、すべて『失われた時を求めて』の中に流れ込んでいくことになる。つまり『失われた時を求めて』とは単なる小説ではなく、さまざまな研究、エッセーをも取り込んだ複合的な作品と考えることができる。

七五枚の大判ルーズリーフ　一九〇八年の七月になるとプルーストは、小説草稿の断片を幾つか書き上げた。そして、ふつうカルネ一と呼ばれる創作手帳に「書き上げたページ」のリストを書くが、それは『サント゠ブーヴに反論する』を編集して出版した研究者ベルナール・ド・ファロワによれば、実際に七五枚の大版のルーズリーフに書かれて実在したという。これが『失われた時を求めて』の最初の草稿になるわけで、そこには「ロベールと子山羊」「名をめぐる夢想」といった現行の『失われた時を求めて』とはかなり異なる断片のほか、コンブレーで過ごすバカンスや、語り手の家を訪れるスワンが別名で登場したり（ということは、就寝のドラマがすでに含まれているということだが）、海辺の少女たちもすでに姿を現していたりして、『失われた時を求めて』の原型をはっきり止どめているものらしい。しかしこの七五枚の紙片は現在行方不明になっている。

『サント゠ブーヴに反論する――ある朝の思い出』

このようにプルーストは、一方ではサント゠ブーヴ批判を骨子とする評論を書き続けながら、他方では小説も書きついで、それをどうまとめるか迷っていた。ここでプルーストはきわめて特異な問題設定を行う。すなわち、この二つを別々のものとして仕上げるか、あるいは有機的な関連を持った一つの作品にまとめるか、ということである。彼は一九〇八年の一二月に書いた手紙の中でこう述べている。

「私はサント゠ブーヴについて何か書くつもりです。それでいわば二種類の記事を頭の中で組み立てました（雑誌の記事なのです）。一つは古典的な形態の記事で、できの悪いテーヌ風のエッセーといった趣（おもむき）です。もう一つのほうは、ある朝の物語から始まるのです。ママが私のベッドのかたわらにやってくるので、私は計画中のサント゠ブーヴ論について話して聞かせるのです」

この二つの計画のうち、最終的にプルーストが採用するのは、二つ目の案、つまり語り手がある朝、サント゠ブーヴ論を母親に語り聞かせるというプランであった。そればかりでなく、語り手は母がベッドのかたわらにやってくる前、朝日を浴びた半睡状態の中で幼年時代からの人生のさまざまな場面を回想するという形で、一人称の小説を導入する。つまり第一部が小説で、第二部が理論的な会話というスタイルを取って、現に書きつつあるすべての原稿を一つにまとめることにした。

実際、一九〇九年の八月になると、彼は雑誌「メルキュール・ド・フランス」の編集長をしていたヴァレットに手紙を書いて自分の小説ができ上がりつつあることを報告し、出版の依頼をしているのだが、この『サント＝ブーヴに反論する――ある朝の思い出』と仮に題された作品は、小説部分が二五〇ないし三〇〇ページ、そのあとに続くサント＝ブーヴと美学をめぐる長い会話が一二五ないし一七五ページ続くことになっていた。そして「小説部の全体は最終部（理論部分）で展開される原理の実演、つまり一種の序文」という性格を持つことになる、と作者ははっきり述べている。このようにして彼はすでにはっきりした作品のプランを持ち、その最初のほうは九月にはタイプ原稿ができるほどに仕事が進んでいたが、この計画はヴァレットの拒否で頓挫することになる。

(b) 一九一二年版の小説

小説の新たな展開

プルーストは一九〇九年八月にストロース夫人に宛てた手紙で「ある長い作品に着手したところですが――終えたところでもあるのです」と述べているように、作品の見取り図はしっかり持っていた。しかしそれがヴァレットの拒否ですぐさま出版の可能性がないとわかると、他の出版社を探しながら、さらに原稿に改変を加えていくことになる。

改変の骨子だけ述べてみると、まず作品最後の母親との長い会話は削除されることになる。すでに見たように、この理論的な部分は実はその「実演」を「第一部」に持っていて、大雑把にいえば、ボードレールをめぐる論考は同性愛の描写の中に、バルザックについての批評は社交界の記述に、ネルヴァルについては無意志的記憶の中にというふうに小説部分にすでに使われていたはずであり、したがって、第二部の「母との会話」は同じことを理論的にいっているにすぎない。つまりいわば二重の手間をかけているわけで、考えようによっては不要とも見なすことができるのである。
　またもう一つの大きな改変として、無意志的記憶の作用が作品の冒頭と最後に置かれて作品の構造を規定する基本的な要素となったのである。無意志的記憶はすでに以前から作品の中に書き込まれていた要素だが、下書きの段階ではせいぜい紅茶にひたしたトースト・パンがコンブレーの思い出を喚起する働きしか持っていなかったのが、ここに至って作品の最後にも置かれ、母との会話の代わりに作品を締めくくる要素となる。その他には一九〇九年以降、マリアという女主人公がはっきり姿を現してくることもあげられる。

『スワン家の方へ』の出版

『失われた時を求めて』の第一巻『スワン家の方へ』はこうして多くの困難に出会いながらも、一九一三年の一一月にグラッセ社から刊行された。売価は三フラン五〇という比較的安価なものであった。プルーストが広く一般に読まれることを望んだためである。このあと一四年には第二巻の『ゲルマントの方』、そして最終巻として『見いだされた時』が予定されており、内容予告も印刷されてあった。内容予告はこうあった。

第二巻、『ゲルマントの方』／スワン夫人の家、土地の名、土地、シャルリュス男爵とロベー

ル・ド・サン＝ルーの最初のエスキス、人の名：ゲルマント公爵夫人、ヴィルパリジ夫人のサロン

第三巻、『見いだされた時』／花咲く乙女たちの蔭に、ゲルマント公爵夫人、シャルリュス氏とヴェルデュラン家の人々、祖母の死、心情の間歇（かんけつ）、パードヴァとコンブレーの《悪徳と美徳》、カンブルメール夫人、ロベール・ド・サン＝ルーの結婚、永遠の愛慕

一九一二年にまがりなりにも完成していたこの三巻構成の『失われた時を求めて』は、一巻目が公刊され、第二巻は活字に組む作業が進行中であり、三巻目はカイエに草稿が大雑把にでき上がっていた状態にあったが、現行の『失われた時を求めて』とはかなり異なる点がある。それは女主人公がアルベルチーヌではなくマリアというオランダ人女性であり、アルベルチーヌとの間で起こった共同生活、彼女の逃亡と死の物語を欠いていることである。

また作品の構造の面でも大きな違いがあった。現行版では語り手の一回目のバルベック滞在は大まかに二つに分けることができて、前半は次々と登場するゲルマント一族の紹介に当てられ、後半になって花咲く乙女たちの登場となるが、一二年版ではこの二つの部分が作品の別々の場所に設置されていた。前半は「土地の名、土地」というタイトルで第二巻に置かれる（つまり現行版と同じ位置である）一方、後半は語り手がパリでゲルマントの世界に本格的に入り込んだあと、第三巻の冒頭に置かれている。ここで複数の娘たちが海辺の避暑地に登場し、そのうちの一人マリアと語り

手のその後の恋物語が連続して語られる。

マリアとの恋

マリアとの交流は、海辺での交際については現行版のアルベルチーヌとの付き合いとあまり変わらないが、その後の展開はだいぶ異なっている。

マリアが彼に会うことにあまり積極的でないことに気づいた語り手が自ら断念して、しだいに彼女と会わないようにすることで終りを告げる（こうした恋の終わりはマリアの物語が放棄され、必要がなくなったので、ジルベルトの物語に転用されることになるだろう。アルベルチーヌのためにはこれとはまったく異なったフィナーレが準備されることになる）。マリアの思い出は作品の最後になってもう一度登場し、ゲルマント大公妃の屋敷に出かけた語り手は、そこに二枚のレンブラントを見るが、この二枚の絵は実はかつてアムステルダムのマリアの養い親の家に掛けられていた絵で、事情があってパリのゲルマントの家に引き取られてきたものである。運河の町アムステルダムの小さな、瀟洒な家の部屋に掛けられてあったこの二枚の絵は、語り手もかつてマリアとともにアムステルダムに出かけたとき、心震えるような思いで「肩と肩を寄せ合って」眺めたことがあり、そのときのことを彼は思い出すのだが、もう彼女を愛していない今となっては、何の感興も湧かないのであった。このエピソードは現行版ではフォルチュニーのテーマに転用されており、ヴェネツィアで、語り手がカルパッチョの絵を見て死せるアルベルチーヌを思い出すが、もはや何の感興も湧かないというエピソードになっている。

ピュトビュス夫人の小間使い　もう一人、一九一二年版の『失われた時を求めて』で重要な役割を演ずるのはピュトビュス夫人の小間使いである。長い間語り手の性的想像力を刺激し続けたこの淫蕩な女性は、語り手の長い追求の結果、ついにヴェネツィアの近郊の町パートヴァでランデブーを承諾する。しかしこのランデブーはさんざんの結果に終わる。まず、彼女に会う直前にホテルの部屋で、亡くなった祖母の思い出が非常になまなましい実感とともによみがえり（プルーストはこれまで作品の総題として考えていた《心情の間歇》をこのエピソードに当てることになる）、肉親の深い喪失感に圧倒されてこのランデブーを楽しむ心境ではなくなっていたし、またこの女性は会ってみると思いっ切り卑俗な人物で、語り手はひどく幻滅するのであった。

《心情の間歇》の、祖母の思い出がよみがえるエピソードは、現行版では二回目のバルベックの冒頭に置かれ、語り手は悲しみのあまりホテルにやってくるアルベルチーヌと楽しく遊ぶ気持ちを一時期失ってしまうが、これは今述べた小間使いのエピソードをそのまま転用したものである。『ジャン・サントゥイユ』に登場したアントワープの修道女に淵源を持つピュトビュス夫人の小間使いは現行版では語り手が追い求めているうちにいつのまにか消息不明となってしまい、たいした役を演じないが、一二年版ではマリアに負けないほどの重要性を持っていた。このように、一二年版の『失われた時を求めて』はきわめて興味深いエピソードを含んでいたが、草稿段階の部分も多く、必ずしも全体の構想ができ上がっていたわけではないことは注意しておく必要がある。

(c) 現行版『失われた時を求めて』小説の大々的な改訂

一九一三年から一四年にかけて起こったアゴスチネリとの事件はプルーストに多大な精神的影響を与えた。彼はこの体験を元に小説の大々的な改訂に着手する。そして一九一二年版の三巻構成から最終的には七巻構成にまで作品が拡張していくことになる。ここで新たに付け加えられるのはアルベルチーヌとの共同生活、彼女の逃亡と死、そして忘却だが、こうした要素はいずれもアゴスチネリの体験とかなり正確な並行関係を持っているのだ。はなはだしい場合はプルーストはアゴスチネリとやりとりした手紙の一部をそのまま引用しさえしているほどである。したがって新たな改訂によって付け加わった要素はほとんどアゴスチネリから来ているといってもよいほどだ。

しかしながら、ここにきわめて興味深い現象がある。プルーストが女主人公の名を変え、新しいヒロインに新しい物語を付与することに着手した時期については正確にはわかっていないが、一三年の後半か一四年の前半だと思われる。いいかえると、一四年五月にアゴスチネリが墜落して死ぬ以前のことなのだ。つまり、アルベルチーヌの物語はアゴスチネリの事件が完結する前にすでに始動していたということになる。

同衾せずに同棲する

実はプルーストは『サント＝ブーヴに反論する』のころからすでに、一人の若い女性と「同衾せずに同棲する」というプランを持っていたことがわかっている。一九〇八年から九年ごろのカブール滞在時のプルーストとの交友の回想録を書いたマルセル・プラントヴィーニュによると、プルーストはこの海辺の避暑地でフランスの古い貴族ドルー家に属するが、貧しいある娘に目をつけ、近くの農園《マリー・アントワネット》にお茶を飲みにいく彼女のあとを、プラントヴィーニュとともにつけたりしていた。そしてもっぱら彼女に財産を与える慈善的な意図に基づいて、この娘と「白い結婚」をする夢を語り、自ら感動のあまり泣くのだった、とプラントヴィーニュは書いている。「白い結婚」とは肉体関係を伴わない婚姻関係をいうので、「同衾せずに同棲する」のと同じことを指すことになる。実際に彼は一九〇九年の一一月にジョルジュ・ド・ローリスに宛てた手紙の中で、ある若い娘と「生活を共有する」計画のあることを述べている。ただし、この娘がどういう人物だったかはわかっていない。また一九一四年以降、アルベルチーヌとの共同生活の第一稿が書かれたとき、語り手とアルベルチーヌとの間には肉体関係はなく、語り手の母親が二人と同じアパートにいる設定となっていたことがわかっている。したがってアルベルチーヌという女性はまず何よりも「同衾せずに同棲する」というプルーストの積年の計画の実現として登場してきたものと思われる。

原稿の完成

このようにさまざまな紆余曲折をへながら、プルーストは一九一八年ごろ、『失われた時を求めて』の清書原稿を二〇冊のノートに完成した。しかしその後も改訂作業は続き、いつもそうするように、彼はタイプに打たせた原稿を大幅に手直しし、スペースが足りなければ大きな付箋を貼り付けて加筆するのだった（これをプルーストはパプロルと呼び、草稿段階でもこれを多用して、加筆を行うのを常としていた）。さらに彼は印刷ゲラの段階でも、何度も大規模な修正と加筆を加えるのである。作品の一応の完成以降、プルーストはこの原稿とゲラの修正、加筆に全力を投入した。彼の晩年は、時間と競争するようにして仕事を急いだのである。しかし、『囚われの女』の印刷ゲラに手を入れている途中で、一九二二年に死亡した。したがって、『囚われの女』の残りの部分と、『消え去ったアルベルチーヌ』、そして『見いだされた時』は、一応完成はしているが本当の意味では仕上がってはいない状態だ。

作品の再度の改定か

ところが一九八七年にロベール・プルーストの曽孫にあたるナタリー・モーリヤック（彼女は小説家フランソワ・モーリヤックの孫にもあたる）が、『消え去ったアルベルチーヌ』の新版を公刊してから大きな問題が起きた。この新版は新しく発見された『消え去ったアルベルチーヌ』のタイプ原稿に基づいたものだが、これはプルーストが亡くなる直前、一九二二年の夏から秋にかけて、自身の手によって重大な改定を施していたのである。主要な改定点は三つある。一つはプルーストがこの巻につけた名前である。初め彼は『逃げ去る女』を考えていたのだが、そのころタゴールの小説が『逃げ去る女』という表題で仏訳されて発表されたので、『消え去ったアルベルチーヌ』とすることも考えて迷ってしまったのである。そのため定説がなかった。しかしプルーストが最終的に『消え去ったアルベルチーヌ』としたことがはっきりした。二つに、アルベルチーヌが落馬して死ぬ場所がトゥーレーヌではなく、コンブレーの近くのヴィヴォンヌ川のほとりとされたことである。ヴィヴォンヌ川のほとりにはモンジューヴァンの館があり、この変更によって、作品中のゴモラのテーマは同じ場所から始まり、同じ場所に回帰するという、いかにもプルーストらしい円環構造を形作ることになった。三つ目の最も重要な変更点は、アルベルチーヌの思い出に関する部分がかなり大規模に削られたことである。彼女の思い出がしだいに薄らいでいくに至る三つの段階のうち、フォルシュヴィル嬢をめぐる部分とアンドレとの対話の部分がばっさり切られ、またヴェネツィアの章のうち、アルベルチーヌを思い出させる挿話がほとんど削除されたのである。フォルチュニーのテーマもなくなっている。このため、これは本当のタイプ原稿ではなく、作品の一部をどこかの雑誌に発表するために余分なところをカットしたものにすぎないという説もある。それとも『失われた時を求めて』は永遠に改定を受け続ける運命にあったのだろうか。

三　作品研究——その一

(a) 構　造

生成し続ける作品

『失われた時を求めて』はすでに見てきたように、永遠に生成し続ける作品、常に変転を遂げ、作者が書けば書くほど未完成になっていくような小説であるといってもよいかもしれない。つまりモーリス・ブランショのいうように、無限に拡大していく球体のようなものである。しかしこの球体には核となる部分があって、それが全体の構造をきちんと支えているということもまた事実だ。つまり、この作品は核心の構造はしっかりでき上っていて、仮にプルーストが長生きして、作品を手直ししたとしても、核心部分は変更をこうむったとは思われない。それは作品の冒頭と結末に無意志的記憶を配するという構造である。

冒頭に置かれたプティット・マドレーヌが語り手の過去を呼び起こし、作品を展開させていく原動力となる。そして最後に置かれた不揃いな敷石その他が語り手に、自分の人生を小説の素材に用いればよいという発見をもたらすことになる。第一の無意志的記憶が人生を開き、第二のものが作品のきっかけとなる。こうした無意志的記憶を作品構造の鍵とする発想はプルーストが比較的早く一九〇九年ごろ思いついて、一応書き上げていた。いわば探偵小説で最初の殺人事件と最後の犯人の種明かしをまず書いてしまうようなものである。あるいは論文の執筆に当たって、序文と結論を先に書いてしまうようなものである。

交響曲のような構造

ということは、つまり、この小説は通常の小説とは違って、まるで論文のような構成を持っているといってもよいことになるだろう。普通の小説ならば登場人物が現実の中に投げ入れられ、作者はこういう性格の人物ならばこういう現実の中でこのように行動するのではないかと考えながら物語を紡いでいくということが考えられる。つまり小説のストーリーを展開させていく動因は、現実の中での人間行動を規定する情熱や増悪をシミュレーションしたものとなる。『失われた時を求めて』はこうしたやり方の対極にあるということができるだろう。

この作品を展開させていくのは人間の情熱的行動とは別のものである。そのことを理解するのには、プルーストが自己の作品を大聖堂や交響曲にたとえていることがヒントになるだろう。あえていえば、この作品は幾何学的な構成によって形作られているということになるだろう。

土地による区分け

幾何学的な構造というとシンメトリーとか、さまざまな照応関係を思い浮かべる。実際にプルーストの作品はそうした構造に満ちているといっても過言ではない。その幾つかを取り上げてみよう。

たとえばプルーストはプティット・マドレーヌに大きな役割を負わせる前には、少し別な形で作品の構造を作り上げる計画を持っていた。そしてこのプランは現行版でも決して消え去ってはいない。語り手が冒頭で自分が過去に過ごしたことのある部屋を次々と回想するところがあるが、ここで思い出されているのはコンブレーのレオニー叔母の家の部屋、パリの部屋（語り手は『ゲルマント』の冒頭で一度転居しているので、二つある）、バルベックのグランド・ホテルの部屋、ドンシエールの部屋、ヴェネツィア、タンソンヴィルなど、語り手が生涯の中で夜を過ごしたことのある部屋のめぼしいものはすべて出てくる。つまり冒頭ですでに作品に登場する場所がすべて予告されている。

場所の一致

それというのもこの作品では、いつもある特定の土地を背景として物語が展開していくというか、土地そのものが物語の展開に大きな意味を持っているが、そのような土地の中心にはいつも一つの部屋があって、語り手はそこからその土地へ出ていき、また戻ってくるということを繰り返すのである。まだ少年の主人公はコンブレーに行き、伯母の家の部屋から毎日のように散歩に出かける。パリに戻った彼は家からシャンゼリゼに遊びに出かけ、スワン夫人の家にしだいに入り込んでいく。次いでバルベックへ祖母と出かけた彼は、グランド・ホテルの部屋から出撃して、しだいにこの海辺の避暑地についての理解を深めていく。パリに戻った彼は転居先がゲルマント公爵家と同じアパートだったこともあり、そこから少しずつゲルマントの一族の世界に入り込んでいく。その途中で一族の一人サン＝ルーに会いにドンシエールにも出かける。そこでも宿泊したホテルから駐屯所(ちゅうとんじょ)へ出かける。その後、語り手はバルベックにもう一度出かけたあと、パリでのアルベルチーヌとの共同生活をへて、ヴェネツィアで母とホテルに泊ったあと、コンブレーのタンソンヴィルにあるジルベルトの家に滞在し、パリで最後の啓示を得る。

このように『失われた時を求めて』では常に場所を基軸として物語が展開されており、その中心にはいつも部屋がある。しかも物語を展開していく動因は、《散歩》や《好奇心》といった非常に非物語的な要素なのだ。フランスの十七世紀の古典主義時代の演劇では《三一致の規則》というのがあって、作家は場所の一致、時の一致、筋の一致ということを厳格に守らされたが、プルーストの小説では場所の一致が小説構造の基本を形作っている。

反復される物語

また一つの場所、たとえばコンブレーを取ってみると、スワン家の方とゲルマントの方とか、散歩の行き先によってさらに細かい区分が用いられているが、ここでは何十回となく出かけたスワン家の方の散歩がひとまとめに語られ、ゲルマントへの散歩も同じようにひとまとめに語られる、つまり物語は時間の流れに沿って展開するのではなくて、場所の移動に従うのだ。語り手がゲルマントの貴族社会に入り込んでいくに当たっても、語り手は一回ずつ、ゲルマント公爵夫人のサロン、ヴィルパリジ侯爵夫人のサロン、そしてゲルマント大公妃の夜会に出るだけだが、それぞれの舞台では新たに登場してくる人物たちの紹介、過去の来歴、このサロンで過去にあったことなどが次々と語られ、読者は同じサロンに何回、何十回と出席したような気分にさせられる。つまり、ここでも反復的な語りによって場所の一致が貫徹していることになる。

二つの「序文」

プルーストはどうして「スワンの恋」を「コンブレー」の直後に、時系列の発展を無視して入れたのだろうか。彼がこの章を含む小説第一部を完成したころには、この第一部にはジルベルトに対する子供っぽい愛情のエピソードが含まれているだけで、その後のマリアを相手とする本格的な恋愛やシャルリュスのおぞましいサド・マゾヒズムを予見させるものは何もなかった。したがって第一部だけを読んだ読者はこの小説をコンブレーでの散歩とシャンゼリゼでの遊びを扱った牧歌的な作品と取り違える可能性があった。そこで作者の恋愛観を披瀝（ひれき）し、あとに出てくる愛の姿を予告するエピソードを挿入する必要があったのだろう。

実際、スワンの恋愛と語り手の恋とはよく似ているところがある。愛の原動力になっているのは嫉妬であり、愛は不幸なものである。オデットとアルベルチーヌがいずれも同性愛の嫌疑をかけられる点も共通している。またシャルリュスとモレルの間のソドムの関係でさえ、愛の基本性格はスワンの体験した恋と同じであり、作者はこの場合、それをやや誇張し、いっそうコミックに、そしてグロテスクに描き出したにすぎない。そうだとすると「スワンの恋」はのちに展開する幾つかの恋愛の雛形、その予告編、序文に当たることになる。そして作品の中の異族、ヴェルデュラン一族を紹介しておくという役割も担っている。そうだとすると『失われた時を求めて』は二つの部分からなる「序文」を持つことになるだろう。その一つ、コンブレーはさまざまな人間関係の母胎として、そこから人脈が次々と広がっていく。またもう一つの「スワンの恋」のほうは類似関係によって、のちの幾つかの恋愛を予告するのである。

(b) 文　体

扇形の展開

プルーストの文体といえば、まず最初に取り上げるべきは、そのうねうねと続く長い文章ということになろう。実際はこうした特徴を持った文章は『失われた時を求めて』全体の三分の一程度であり、また文章の平均的な単語数も標準的なフランス語文の二倍程度と、そう極端なものではないが、しかしこうした息の長い文体はプルーストの作品に固有のものとして人目を引くことも事実である。

いずれにせよ、こうした文章を多用するのは、ある観念、イメージが呼び起こす一切のものを記述しようとする欲求に基づいている。したがって最初にある語が提起され、それによって呼び起こされたものがある程度展開されると、いったん元の語をまた引用し、それが新たに呼び起こすものをまた記述するというスタイルが取られることがよくある。たとえば『花咲く乙女たちの蔭に』の中のある文では、まず「ジルベルトの両親」という表現を文頭に掲げ、このあと原文（プレイヤッド版、新版）で一〇行にわたって修飾を加えたあとにハイフンを入れて、そのあとまた「ジルベルトの両親」と書いて、さらに二行にわたって修飾を加えたあと、やっとこの「両親」に対応する述語動詞が登場して終わるという文を見ることができる。

このような扇形の展開構造は文のレベルだけではなく、もっと大規模にパラグラフのレベルでも見ることができる。たとえば語り手はバルベックへの初めての旅に出かけるために母に見送られパリの駅頭に立つのだが、最愛の母としばらく別れて暮らさなければならない不安が長々と語られたあと、「母は私を慰めるのに最も有効と思われる方法を試みた」という文が一つのパラグラフの冒頭に置かれ、母が語り手をバルベックの教会に関心を持たせようと努力するさまが描かれる。このパラグラフが終わると「次いでママは私の気を散らせようと、私が夕食に何を注文するのか尋ねた」という文で次のパラグラフが始まり、しばらく脱線したあと、また「母は私が涙を抑え切れないのを見てこういうのだった」となり、彼女はまた息子を力づけにかかるのである。ここでも「息子を慰めようとする母親」という核心的な観念に絶えず立ち戻りながら物語が展開していく、というか横にずれていくのが見てとれる。ところで、これはある部屋から散歩に出かけては戻り、また散歩に出かけては戻るというコンブレーやバルベックの叙述と同じスタイルを取っていることになるだろう。

このようにプルーストの書法においては、反復し、横ずれしつつ拡大していくというのが一つの原理となっている。こうしたやり方は著者が草稿段階ばかりでなく、印刷ゲラの段階でも何度となく手を加えていった結果であろう。つまり、自己の原稿を読み返すことにより、新たに喚起した事柄を細大もらさず書きつけたために、このような扇形の構造ができ上がったのであろう。作者は文章の効果を高めるために、核になる語や表現を文の最後に持ってくることもある。

メタファー

しかし何といっても、プルースト的な文章の特質を担うのはメタファーであろう。

一般に、メタファーとは「比較されるもの」(comparé) と「比較するもの」(comparant) によって成り立っていて、たとえば「アルベルチーヌは海辺に咲く一輪のばらだ」という文章があったとする。話を簡単にするために、アルベルチーヌは《比較されるもの》であり、海辺のばらが《比較するもの》であると考えることにしよう。

ところで、作者が小説の最後で展開している理論によれば、メタファーはこの二つの要素をただ並置するのではなく、この二つのものを融合させる。つまりあるものやある観念は写実主義の作品のようにただ言葉によってそこに置かれるのではなく、メタファーを加えられることにより「比較されるもの」と「比較するもの」（アルベルチーヌと海辺のばらといったほうがわかりやすい）に共通する感覚を付け加えられることになる。プルーストはこれを「二つの対象を、美しい文体のぬきさしならぬ輪につなぐ」、あるいは「二つの感覚に共通の性質を思い、その二つの感覚をお互いに結び付けることによって、二つの感覚のエッセンスを引き出し、時間の持つ偶然性から感覚を解放するようにして、一つのメタファーの中に二つの対象を含ませる」といういい方をしている。たとえばアルベルチーヌが「海辺のばら」にたとえられることによって、この娘は海辺の避暑地のさわやかで華やいだ土地の精霊といったイメージを持つことになる。

このようにして、ものは独立した単なるものとして提示されるのではなくて、メタファーの参加によって一つの内的なイメージ、心象の風景に転化する。いいかえれば、現実はメタファーによってメタモルフォーズされる。バルベックのホテルのポーターは寒気から守られた温室の植物のようだし、パランシ氏は魚のかますに、ゲルマントの一族の人々は鳥に、そして従僕は猟犬になる。また逆に花は女になる。サンザシはコケットで信心深い、陽気な乙女たちであり、ノルマンディーのりんごの木はばら色のサテンの舞踏会用のドレスを身にまとっているのである。またゲルマント大公妃邸に出かけた語り手が最初索漠（さくばく）とした気分でいると、彼には鳥までが何か年老いた悪の精霊のように思われる。

プルーストの文章が何か現実の客観的な描写というよりは、悲嘆や喜びといった感動、生のさまざまな色彩にいつも染められている理由の一つはここにある。

メタファーを用いる場合、それがどんな領域から取られてくるかによってその印象が異なっていよう。視覚や聴覚に基づくイメージは強い喚起力を持つが、むしろ味覚、嗅覚、触覚によるイメージのほうが、人間の本能的な感覚に訴える本当の力強さを持っているということができるだろう。

プルーストの作るイメージを研究したジャン・ポミエによれば、『失われた時を求めて』には味覚と食物から取られたイメージが多いという。疲れた顔は腐りかけたシロップのように濁る。夕暮れ時の水平線は、肉のゼリーのように切れそうな帯状の赤い空になる。トロカデロの塔は夕陽の最後の光を浴びて、昔風の菓子屋のすぐりのゼリーを塗られた塔のようだ……。

メタファーと無意志的記憶

このようなメタファーの多用はしかしおもしろい現象を生み出すこともある。「海辺のばらのようなアルベルチーヌ」の例をもう一度用いて考えてみると、その場合《比較されるもの》（アルベルチーヌ）が《比較するもの》（海辺のばら）を喚起する関係にあることになる。これは考えてみると実は無意志的記憶と同じ構造を持っていることになる。というのは語り手がパリで紅茶にひたして食べたプティット・マドレーヌによってコンブレーでの類似した体験が喚起されるからである。そうだとすると、メタファーは、無意志的記憶のもたらす喜びを、文体のレベルで実行していることになるだろう。

ところで無意志的記憶の体験の場合には、たとえばマドレーヌによって想起されたものと、それにまつわる一切のもの（コンブレー）へと物語が移っていくことになるが、メタファーの場合にもこれによく似た現象が起こる。語り手は『ゲルマントの方』の中でオペラ座の夜会に出かけ、そこに集まった貴族の婦人たちの夜会服姿がまるで人魚のようだ、オペラ座の内部自体が海底のようだ、と感ずる。このくだりでは、そうした海の底にまつわる比喩があまり長々と繰り返されるので、最後にはオペラ座のことを語っているのか海底のことを語っているのか一瞬わからなくなるほどである。あるいはまた、語り手はアルベルチーヌの逃亡後、彼女の曲げられた太腿（ふともも）を思い出し、それがレダにまつわりつく白鳥の首のイメージに似ていると考える。この白鳥はもちろんゼウスが姿を変えたものであり、男性の象徴と考えることもできる。恋人アルベルチーヌのエロチックなイメージが、それとは別の性的イメージに変えられ、語り手はついにはこの白鳥の姿しか見なくなる。この白鳥はアルベルチーヌのエロスや神話のエロスを背負って、両性具有的な性のイメージを作り出している。このようにプルーストのエクリチュールは常に現在描写しつつある世界から脱線、逸脱しようとする欲求に満ちている、ということができるだろう。

メタファーの例ばかりでなく、彼の文章の中には現在語っていることを離れて、昔のことに言及したり、ある想起された事実に話が飛んだりということが頻繁に起こる。つまり《場所の一致》とはそうした脱線への志向の横溢をかろうじてつなぎとめる最後の枠組みとして設定されていると考えることもできるほどである。

プルーストの文体は、今ここにある世界を描きながらも、そこに付きまとってくるおびただしい不在のものに取り巻かれている。いいかえれば、現実とはプルーストのエクリチュールの中の一要素にすぎず、むしろ文章の全体を本当に束ねているのは作者の内的なビジョンなのである。

(c)　コミック

ユーモラスな作家プルースト　プルーストはちょっと信じられないほどユーモラスな面を持った作家である。わが国のように、笑いをほとんど欠いた純文学の伝統を持つ風土から見るといささか意外な話である。プルーストの笑いの中には温かい、ほほえましいユーモラスもある。たとえば語り手の母は、夫の知的能力に深い尊敬の念を抱いているので、夫がどんなに些細なこと、たとえば晴雨計を見て天気の予報を試みることにさえもひたすら感心している。また孫とバルベックのグランド・ホテルに出かけた語り手の祖母は孫の健康を気遣うあまり、食堂の窓を開け放しにしたために、風が食堂の中のものをことごとく吹き飛ばして二人は大いに人々の顰蹙を買い、語り手はいたたまれぬ思いをする。このような温かいユーモアは、どちらかというと語り手の家族のエピソードに見られることはいうまでもない。

スノビスム批判

しかしもっと強烈な破壊力を持った笑いも当然含まれている。そうした笑いの標的になる代表的なものはスノビスムだ。たとえばコンブレーの住人ルグランダンは美文調のしゃべり方をするスノッブで、そのしゃべり方もおもしろいが、ある日貴族の婦人と一緒にいたところを散歩に出た語り手の家族と遭遇してしまう。親しい語り手の一家を無視したくはないが、こんな平民と付き合っているのかと、その婦人に思われたくもない彼は、語り手一家に対してあいさつしたようなしなかったような、しごく奇妙な苦しげな態度をとる。またヴェルデュラン夫人のサロンは社交界の有力な人たちからはてんで相手にされないので、夫人は自分のサロンに来ない人たちは皆退屈な人だといった「信仰箇条（クレド）」を勝手に決めて、サロンの常連に押し付けている。

このような態度はしかしながら平民や下級貴族だけに見られるものではない。ゲルマント公爵は自分のジョッキー・クラブ立候補の邪魔をしたある人物のことを聞いてもいつも覚えていないふりをする。あるいはこれはスノビスムの例ではないが、王族に匹敵する貴族でさえもからかわれている。一般にこうした高位の貴族は非常に腰が低く、愛想がよいのがふつうだとプルーストは書いているが、リュクサンブール大公妃が、まだ若い語り手に好意を示して、親切そうにボンボンをくれるさまは、猿にお菓子をやる様子に似ていた。

滑稽とグロテスク

こうした風刺は死とか病気といった厳粛な事柄をめぐる人々の態度にも向けられる。人々はこうした厳粛な事件に出会っても日常の愉しみを捨てることができない。ゲルマント夫妻はある舞踏会に出席することを愉しみにしているが、たまたま親戚の一人が危篤になる。彼が死ねば夫妻は喪に服さねばならず、舞踏会には出られない。夫妻は人をやって様子を探らせ、今晩はもちそうだという報告を聞き、安んじて出かけようとする。そこにまた親戚が飛び込んできて、亡くなったという。公爵は不機嫌になり、聞かなかったことにして出かけてしまう。公爵夫妻は死の近いことを悟ったスワンがあいさつにきたときも同じ態度を取るし、ヴェルデュラン夫妻もまったく同じことをしたことがある。

またシャンゼリゼの公衆トイレの番人のおかみさんは自分のトイレが貴族のサロンのようなものだと考えて行動するので《侯爵夫人》というあだ名をたてまつられている。そしていかにも《侯爵夫人》らしく客を選ぶ権利を主張して、トイレを使う必要を感じていない語り手には使用を勧める一方、やもたてもたまらなくなって飛び込んできた品の悪そうな婦人には使用を断るのだった。また女中のフランソワーズは病気の祖母に献身的な看護をしてくれるのだが、ある日、祖母がもっと健康に見えるようにと髪の手入れをしてやった。しかし手の入れ方が乱暴なために頭ががくがくと動かされ、しかも髪が大量に抜けてしまった。意気揚々と鏡を祖母に見せようとするフランソワーズから、語り手はその鏡を奪って祖母に自分の姿を見せないようにするが、実はその必要もなかった。というのは祖母は尿毒症のためにすでに目が見えなかったからである。ここでは病気を気遣う家族愛と無神経と滑稽が平気で共存している。こうした非常に真摯(しんし)なものとふざけたものの両立がプルーストの笑いの一つの特徴である。

言葉遣いのユーモア

プルーストは大変耳がよくて、人々のしゃべり方の違いを実によく聞き分けることができたから、作品中の登場人物もひとりとして同じしゃべり方をしない。作者はそうした登場人物一人ひとりの話し方の違いを際立たせようとして誇張を加えるから、当然それはユーモラスになる。たとえばゲルマント公爵夫人の子音を略してしまういい方のように翻訳の不可能なものもあるが、翻訳しても伝わるものもある。たとえばノルポワ氏の話し方は、老練な職業外交官らしく、相手に決して言質を与えないことを主要な目的としている。したがって彼が長々としゃべっても何をいわんとしているのかまったくわからない。ドレフュス事件について氏に質問したブロックは最初の一つのパラグラフを聞いて「これは絶対ドレフュス派に違いない」と考えるが、次のパラグラフを聞いて「これはやっぱり反ドレフュス派だ」と思うということを繰り返すのであった。またグランド・ホテルの支配人エメと女中フランソワーズの妹は背伸びして気取って話すとき、使うべき単語をことごとく間違える。

あるいは登場人物の知的、社会的進歩は、何よりもまず言葉遣いの変化によって表現される。アルベルチーヌはリセの宿題にまるで漫画みたいな作文を書いていたのが、しばらくして再会すると、「私の意見では」とか「違いのわかる」とかいった表現を覚えていて、彼女がそうした言葉を使うたびに語り手は、彼女の知的な進歩を認めていっそう好きになる。そしてアルベルチーヌが「ムスメ」という当時使われるようになった日本語を口にしたときには、彼女に接吻するのであった。一方、『失われた時を求めて』の中では登場人物がさかんに地口、洒落（しゃれ）のたぐいをいうが、こうした言葉の遊びに対しては概してプルーストは低い評価を与えている。こうした洒落を連発する人々は下品とされているからである。

ここではプルーストの幾つかのユーモアを列挙するにとどめたが、彼のユーモアの特質の一つ（あくまでも特質の一つだが）には、重大と矮小（わいしょう）、深刻と軽薄といった対立したものの共存、本来共存できないものの共存がある。ひるがえって考えてみると、この時代には、プルーストの親戚でもあったユダヤ人思想家ベルクソンが『笑い』を発表したし、またフロイトが『機知』を書いて無意識の表出としてユーモアを研究するなど、それぞれ発想は異なるにせよ、ユダヤ人によるユーモアへのアプローチが目立った。現代最高のコメディアンの一人といえるウッディ・アレンもユダヤ人だし、ユダヤ人とユーモアとの間にはある種の親近性が見られるといっていいだろう。

現代文学への影響

『失われた時を求めて』にあっては、ストーリーに絶えず語り手が干渉してきて、感想を述べたり、事件にまつわるさまざまな回想を述べたりする。一方これに対して、語り手の人生には何ら非凡なところはない。いいかえれば、この小説の中で重要なのは物語の内容ではなく、物語の語り口だということになろう。

プルーストはさまざまな物語のテクニック、すなわちメタファー、レトリックといったテクニックを駆使して、人生の中に隠された喜び、おかしみ、グロテスクなどを明るみに引き出そうと努めるのだ。またそればかりではなく、小説作品の構造までも幾何学的に工夫して、そうした構造によってしか表現されないある魅力、感動を引き出そうとする。このことがこの作品を真にオリジナルな作品にしているのであり、またこのために『失われた時を求めて』は現代文学に大きな影響を与えたのである。

フランスでは一九五〇年代から七〇年代にかけてヌーヴォー・ロマンと呼ばれる一連の作品が流行するようになったが、この作家たちはプルーストから強い影響を受けて文学的営為を行ったことはよく知られている。たとえばナタリー・サロートは意識と無意識の中間領域にあって人間がいつも心の中で思うが、口には出さない言葉を明るみに出したが、これは作者自身によればその源をプルーストに持っているのである。またミシェル・ビュトールが書物の持つ固定した形式を破ろうとしてさまざまなことを試みるに当たってもプルーストの影響を受けている。それに、近年ノーベル賞を受賞したクロード・シモンが回想、記憶という現象を小説の中で極限的に追求したのも、もちろん『失われた時を求めて』に触発されてのことである。さらには、ヌーヴォー・ロマンと同じころ批評の世界で持てはやされたヌーヴェル・クリティックの創始者であるジョルジュ・プーレは、自己の批評の方法《一体化の批評》の源にプルーストがいると明言している。

　このように、現代文学が強い自己反省の傾向を持ち始めたとき、すなわち小説というジャンルが《小説についての小説》といった趣を持つようになったとき、プルーストの強い影響下で事態が進展したのである。ただ一ついえることは、こうした自己反省的な文学的営為は、結局のところ、プルーストの形式的な側面にのみ注目したために、プルーストを超えられなかったということである。

　私見によれば、フランス文学の中でプルーストの一面をよく受け継いだ後継者としてロラン・バルトがいる。彼が母との強い絆（きずな）を持った人物で、同性愛者でもあったことは別として、彼の書くものは、一応エッセーということになっているが、自伝的であったり、小説的であったりして通常のエッセーとはだいぶ違う。そういう意味でエッセーのような小説を書いたプルーストに近い。またバルトが『恋のディスクール・断章』の中で恋愛というすでに語り尽くされたかにみえるテーマに挑戦して、愛する人が不在である状態のもたらす喜び、恐れ、もどかしさを見事に浮き彫りにしてくれるとき、そこにプルーストと同質のものを見ることは、決して不自然ではない。そうしたことを踏まえて最近ますますせり上がってくるプルーストの魅力の実質がどのあたりにあるのか、もう一度別の観点から考え直してみたい。

四　作品研究――その二

(d) 自　然

印象派の時代

『失われた時を求めて』にあっては、語り手はパリにいるときを除くといつもバカンスでどこかへ出かけている。コンブレー、バルベック、ヴェネツィアなどである。おそらく作品の三分の一がそうしたバカンス先での生活に費やされているだろう。これはほとんどバカンス小説と呼んでよいような作品だ。だからこの作品の中には自然の魅力がふんだんに盛り込まれている。フランスという国はヨーロッパの中央に位置し、気候にも恵まれた大農業国で、素晴らしい自然の恩恵を享受する地域である。

　子供のころからバカンスをオートゥイユやイリエで過ごしていたプルーストがこうした自然の魅力に惹かれたのは当然のことだった。それに十九世紀の後半は印象派の画家たちが主としてパリ近郊の何げない自然の魅力を発見した時代であり、プルーストもまたこうした新傾向の芸術運動に無関心ではなかった。彼は一九〇七年にアンナ・ド・ノアイユの詩集『感嘆にみてる顔』の書評を書き、その中で「六つの庭」と題して、メーテルリンク、モネ、レニェ、ジャム、ラスキンらの描いた庭をぜひ訪れてみたいといっている。こうした芸術家たちが描き出した庭園の魅力は、アカデミーの画家たちが描いたような、神話などの物語性を混入されたものではなく、ありのままの自然の魅力である。つまり、プルーストがそうした庭園に注目するということは、彼の中にも非常に印象派に近い美学があったということである。

しかしプルーストによる自然描写は、多くの場合、メタファーを付け加えられて内的なビジョンに転化することはすでに述べた通りである。その点が単なる自然の描写とは異なる。

……スワン氏の庭に咲くリラの匂いが、見慣れぬ客である私たちを迎えにくるのだった。リラの花は小さなハート型のみずみずしい緑の葉の間から、庭園の柵の上に風変わりな様子で薄紫と白色の羽根飾りを突き出しており、それまでにもう日の光を浴びていたので、日陰に入っても輝いていた。花のあるものは、射手の家と呼ばれて、庭番の住むスレート葺きの小さな家に半ば隠されながらも、自分たちのばら色の回教式尖塔をこの家のゴシック風の切妻の上に突き出していた。このフランス庭園の中で、ペルシャの細密画にも見まがう生き生きして鮮やかな色調を保持しているこれら若々しいイスラム美女たちに比べれば、春のニンフでも俗悪なものに見えたことだろう。

ここでは、リラの花が「回教式尖塔」「ペルシャの細密画」「イスラム美女」という語によって、イスラム風のイメージと濃やかなニュアンスを付け加えられていることはいうまでもない。

歴史のある自然の魅力

このように心象風景化した自然の描写に専心しながらも、プルーストはこれとはいささか異なる自然の魅力に最も敏感であったと思われる。彼はラスキンとエミール・マールのおかげで、フランスのどんな田舎も長い歴史の蓄積を隠しており、古ぼけた何の変哲もないように見える教会も実は豊かな歴史の記憶を秘めていることを知った。それがためにコンブレーの教会は、モデルとなったイリエの教会とはいささか違って、そうした歴史性を強調するためにサン＝ドニやシャルトルの教会やサン＝ヴァンドリーユ修道院の過去のエピソードを持ち込まれて、歴史の驚異に満ちた格式の高い教会となる。そして、教会の地下礼拝堂は中世のメロヴィンガ王朝の暗い記憶に満たされるのである。

カミーユ・コロー『シャルトル大聖堂』

土地と土地の照応

土地に対する彼のイメージの中でもう一つ特徴的なのは、ある土地と別の土地の類似関係に非常に敏感なことである。こうしたことはすでに『ジャン・サントゥイユ』に書き込まれていて、たとえばジャンはレマン湖のほとりで、この湖がブルターニュのベグメイユに似ていることに気がつく。さらにはベグメイユの浜辺の灯台を含む風景がかつて訪れたオランダの北海を望む海辺によく似ているとも考える。注意すべきは、こうした体験が多くの場合、無意志的記憶のよみがえりがもたらす歓喜を伴っていることだ。『失われた時を求めて』でも類似の現象がよく記述されていて、そうした現象を記述する場合に無意志的記憶の喜びを伴ったとは書いていないが、しかしそうした喜びが言外に込められていると考えるべきだろう。

たとえばヴェネツィアのサンマルコ前の広場はコンブレーの教会前の広場に似ており、一〇〇〇年の歴史を誇る都市の豪華な建築物の内や外でも、フランスの田舎町コンブレーと同じようになだらかな日常生活が営まれていることを納得させるものがあるとプルーストは書いている。またヴェネツィアはパリ郊外の運河の多い庶民地区オーベルヴィリエにもよく似ているとされる。ゲルマント家と語り手の一家の住むアパルトマンから見えるパリの、必ずしも裕福でもない町並みがヴェネツィアを思わせる（そしてピラネージの描いたローマや、さらには町並みの家の上に作られた小庭園がオランダのハールレムやデルフトのチューリップ愛好家の庭も思わせる）とも書いているように、作者は徹底的に日常的な生活を営む町としてヴェネツィアに関心を払っている。

その他、アルベルチーヌと出かけたバルベックの近くの田園地帯が、コンブレーの近くの畑の広がった地域に似ているということもあった。語り手はアルベルチーヌから一時離れてこちら側から、田園の向こうで写生をしている彼女に思いをはせるのだが、かつて麦畑の向こうのシャルトルに出かけているジルベルトを思ったことも心によみがえるのだった。

土地と女性

プルーストの自然との交渉でもう一つの特徴は、ある土地の魅力と女性の魅力が分かちがたく結び付いているということがあげられる。フランス語でデペイズマンというが、人は旅先にいると、ふだんとは違った気持ちになり、感受性がいっそう研ぎ澄まされる。そういうときに知らない女性と出会ったりすれば、ことのほかその女性を魅力的に思うのは当然である。たとえばプルーストと同時代の小説家ピエール・ロチはたくさんの旅行小説を書き、その中で、旅先で知り合った女性との交情を語った。

しかしプルーストの場合には土地と女性の関係はもっと複雑であり、ある種のずれを含んでいることが多い。アルベルチーヌがパリの語り手の元を訪ねてきたとき、彼女の背後には遠いバルベックの思い出が広がる。また語り手がステルマリア嬢に執着したのは、彼女にはその出身地のブルターニュの緑の自然と古い城と激しい嵐の思いが満ちているからなのである。

……しかし［ブーローニュの森の小さな湖にある］小島のあたりは夏でさえもよく霧が出るのだから、悪天候の季節、秋の終わりが訪れた現在、ステルマリア夫人とここへ出かけられることがあれば、どんなに幸せなことだろう。私の想像力をさまよわせているこの土地が——別の季節ならば美しく、輝かしい、イタリア風の土地になることもできたろうけれども——日曜日以来の天気だけではブルターニュの灰色がかった海辺の風景になるのに十分でなかったかもしれないが、何日かしたらステルマリア夫人をわがものにすることができるだろうという希望のせいで、私のもっぱら憂愁に満ちた想像力の中では、一時間に二〇回でも、霧のカーテンを降ろすことができた。それはともかく私は、昨日以来パリにまで出るようになった霧のせいで、招待したこの若い夫人の生まれ故郷のことを絶えず考えたばかりでなく、この霧はパリよりもずっと分厚く、ブーローニュの森を、なかでも湖の周りを覆うことだろう、そうしてこの白鳥島はブルターニュの島のようになって、その霧の多い海景風の雰囲気が、ステルマリア夫人の青白いシルエットを包むことだろうと、私には思われるのだった。

語り手はジルベルトがベルゴットに導かれてカテドラルをめぐった話を聞き、まるでヴァン＝アイクのデッサンのように、大聖堂を背にして立っている彼女を想像する。このようにプルーストにあっては土地の精霊である女性はその土地を離れて別の土地にやってきて、元の土地を指し示す詩的記号となるのだ。逆に、土地もまたこの女性の存在によって心震えるような魅力を増すのである。

フォルチュニーのテーマ　土地と女性を結び付ける狂言回しとしてフォルチュニーのライトモチーフという きわめて美しいテーマがある。フォルチュニーというのは当時の優れた服装デザイナーで、ルネッサンス期のヴェネツィアの画家が絵の中に描き入れた豪華な衣装をまねて現代に復活させ、評判を取った。これについてはプルースト自身がフォルチュニーの義理の妹で、レイナルド・アーンの姉妹に当たるマリア・ド・マドラゾに宛てた手紙の中で要約をしているので、それを訳出してみる。

私の作品の中には、ちょうどヴァントゥイユがフランクに類する大音楽家を体現するように、大画家を体現する虚構の画家がいるのですが［エルスチールを指す］、その画家が二巻目の冒頭で、アルベルチーヌ（彼女がいつか私の熱愛する婚約者になるとはまだ思ってもみないのです）の前で、ある芸術家がヴェネツィアの昔の布の秘密を発見したそうだ、といいます。これがフォルチュニーなのです。のちに第三巻に入ってアルベルチーヌと私が婚約したころ、彼女は私にフォルチュニー（このときから私は、毎回フォルチュニーの名を出すでしょう）の衣装を話題にします。そして私は彼女にこの衣装を何枚か買い与えて驚かせてやるのです。こうした衣装の非常に短い描写によって、われわれの愛の場面が示されることになるでしょう（それだから、私には部屋着のほうが好ましいのです。部屋着が部屋に脱ぎ捨てられているわけです。豪奢な様子をしているが、脱ぎ捨てられているのです）。彼女が生きている間、私は自分がどれほど彼女を愛しているかわからないので、このフォルチュニーの衣装は何よりもまずヴェネツィアを喚起するもの、ヴェネツィアへ行きたい欲望を喚起するものであり、そのために彼女が障害になっていることを思い起こさせるものなのです。小説は続き、彼女は私と離別して死にます。久しくして、大きな苦悩のあとにそれなりの忘却が訪れ、私はヴェネツィアに発つのです。しかし＊＊＊の絵（カルパッチョの、ということにいたしましょう。あなたがフォルチュニーはカルパッチョの絵からインスピレーションを得ているとおっしゃるのですから）を見て、私はそこにアルベルチーヌに与えた衣装を再び見出します。以前ならばこの衣装はヴェネツィアを呼び起こし、アルベルチーヌと別れたい願望を引き起こしたのに、今やその衣装が見えるカルパッチョの絵はアルベルチーヌを呼び起こし、ヴェネツィアを悲しいものにするのです。

フォルチュニーの衣装を着けたグレフュール夫人

部屋に脱ぎ捨てられた部屋着のシーンは書き込まれないで終わってしまうが、それ以外はここでプルーストが説明した通りになる。このようにしてフォルチュニーの衣装は語り手のヴェネツィアへの思いをかきたてると同時に、ヴェネツィアで死せるアルベルチーヌを思い起こさせるきわめて審美的な記号となっている。こちらにいるときはかの地を思わせ、かの地ではこちらを思わせる、という構造だ。なお、これはマリアとアムステルダムがレンブラントの絵を介して結び付けられていた構造をそのままヴェネツィアとカルパッチョに移し替えたものであることはいうまでもない。このように、このフォルチュニーのテーマは作品にごくさりげなく書き込まれているように見えるが、実は何千ページも隔ててしだいに実現されるような大きなスケールを持って計画されていたことがわかる。また作者が非常に前からずっと暖めてきたテーマであり、そういう意味でこれは単に詩的なエピソードというよりは、プルーストのある根源的な審美学、土地と女性の隔たりによって生じるもどかしさ、不在と憧憬の審美学をよく示すものなのである。

(e)　社 交 界

怜悧（れいり）な目　プルーストの美学の中には、これからある世界に入っていこうとするとき、つまりその世界に強い関心と憧れを抱いているときと、そしてその世界を去ったり、その世界を失ってしまったあとになって、回想するときに最もその世界の魅力を味わうことができるという美学がある。

土地の魅力を味わうときもそうだったが、貴族たちの社交界についても同じである。初めに、とりわけゲルマント公爵夫人に憧れたときは、彼女は半ばおとぎばなしの主人公であるジュヌヴィエーヴ・ド・ブラバンの末裔（まつえい）として、まるでメルヘンのような詩情をもって立ち現れたのであった。しかし語り手が実際に少しずつ社交界の中に入り込んでいってからの彼の語り口は、まるで昆虫学者が昆虫を観察するときのようにきわめて怜悧となっていく。『ジャン・サントゥイユ』のときのような、貴族に対する強い憧れと幻想を持っていたころの描写とはずいぶん異なっている。それは十七世紀のモラリストのラ・ブリュイエールが当時の社交界を中心とする人々を観察して『人さまざま』を書いたときに盛り込んだような精神、あるいはルイ十四世の君臨するヴェルサイユ宮殿に小部屋を与えられたサン＝シモンが宮廷の人々の権謀渦巻く世界を観察したときの態度に近いものである。そして実際プルーストはこの二人の作家から大きな影響を受けている。

スノビスムの地獄

『失われた時を求めて』の中での社交界とは、一言でいえばスノビスムの地獄である。スノビスムというのはこの小説の中の大きなテーマであって、たとえばカンブルメールの若夫人の芸術上のスノビスムがあるが、しかし何といってもこのスノビスムの実態を最も壮大に描き出してみせるのはパリの社交界である。パリの社交界で最も上位に君臨しているのはゲルマント公爵夫人のサロンを頂点とするゲルマント一族であり、社交人士たちのすべての努力は、このサロン、この一族に近づくために費やされることになる。なるほどヴェルデュラン夫人のようにゲルマント公爵夫人に紹介されることを最初からあきらめて、これを退屈な人たちと決めつける人もいる。このヴェルデュラン夫人のような人たちがゲルマント家から最も遠い位置にいるとすれば、他の人たちはゲルマント家とヴェルデュラン家との中間にあって、さまざまな態度を取ることになる。

まずゲルマント公爵夫人のように、最高位にいる人はいかに多くの人々に紹介されないか、いかに人々から逃げるかということに腐心することになる。またパルム大公妃はゲルマント家との付き合いだけでなく、別のグループとの付き合いもあって、この二つのグループを一緒に呼ぶと、ゲルマント家の人々から嫌われることは目に見えているし、自分自身、人々をゲルマントの人たちに紹介するような親切心は少しも持ち合わせていないので、二つのグループを別々の日に呼ぶことにしたのである。またガラルドン夫人は久しい間ゲルマント公爵夫人から無視されて悪口をいっていたのが、あるときあいさつされてたちまち夫人に対する評価を逆転させる。

それではこの社交界の中心に位置して太陽のように輝くゲルマント公爵夫人の価値の源泉は何に求められるのだろうか。なるほどゲルマント家はフランスで最も古い貴族であり、王族とも血縁にあって、貴族たちの住むフォーブール・サンジェルマンの首長のように振る舞っている。しかし公式的な価値観からすれば、もっと地位が上のはずのゲルマント大公妃よりもゲルマント公爵夫人のサロンのほうが人気があるのは、ひとえに公爵夫人の才気のせいなのである。公爵夫人の気の利いたせりふ、思いもかけない大胆な発想、行動は人々を魅惑し、夫の公爵もこの才気を宣伝すべく、妻のいったことを繰り返し人前で披露するほどである。しかし夫人の才気なるものは、一言でいってしまえば、人の逆をいくことによって意表をつくといった浅薄なものでしかない。つまり社交界で実行されている価値というのはきわめて皮相なものだ、というのがプルーストの最終的な考えであった。

(f) 愛　情

家族愛

『失われた時を求めて』の中の語り手の家族は理想的な情愛で結ばれている。いささかきれいごとにすぎるといってもよいほどで、陰影に欠けるといわざるをえない。ではここに家族をめぐる深い感情は何もないかというとそうでもない。肉親の病気と死というテーマは祖母が引き受けているが、しかしこの人生におけるあらゆる夾雑物（きょうざつぶつ）を取り除き、孫息子の健康をひたすら心配していた祖母が孫の前で倒れ、床に伏し、そして死ぬのを見る孫の目は、おそろしく澄んでいる。その目は事態の進行を冷徹に見つめながら、同時に深い悲嘆のこもった愛情の念を決して失わない。また、母（語り手には祖母に当たる人）を失ったあと、永遠の喪に服す語り手の母の姿も感動的なものがある（セヴィニエ夫人の書簡集は娘に愛情に満ち溢れた手紙を何千通と書き送ったものとして有名だが、語り手の母親がこれを愛読するのは、いうまでもなく母親が彼女に注いでくれた深い愛情を思い出すためである）。

語り手の家庭の中の家族愛はある程度きれいごとですんでいるところがあるかもしれないが、しかし作品全体ではそうともいえない。プルーストは例によってここでもいわばネガとなる情景を残している。モンジューヴァンの暗闇に包まれた家の中でヴァントゥイユ氏の娘とその女友達が父親の遺影に唾を吐きかける姿こそが家族愛の影の表現でなくて何であろう。フランスの特異な思想家ジョルジュ・バタイユはこの有名なサディズムのくだりを引用して「ヴァントゥイユ嬢」とあるところを語り手の名「マルセル」と書き換え、「父」とあるところを「母」として、これをプルーストとその母親のドラマにしてしまっている。語り手の家族生活が明るく、清潔であればあるほど、ある暗い世界がそれとバランスを取っているのである。

同性愛とサディズム

この作品には実に多くの同性愛者が登場する。手初めに女性の同性愛者をあげてみてもヴァントゥイユ嬢とその女友達ばかりでなく、アルベルチーヌ、オデット、アンドレ、エステル、レア、さらにはジルベルトさえその可能性があるなど、枚挙にいとまがないほどである。しかしレスビアニスムは語り手の嫉妬をあおる役目、愛する女がますます謎めいた存在になっていく口実を引き受けているだけで、それ以上に深く追究されてはいない。

男性の同性愛について見ると、あるときプルーストはバイセクシュアルであったアンドレ・ジッドと同性愛について語り合ったことがあるが、そのときジッドに対して二つのことをいった。一つは同性愛のことは一人称ではなく三人称で、つまり自分のこととしてではなく、他人のことのようにして語ることを勧めている。実際、彼はシャルリュスという三人称の人物を介して同性愛の問題に光を当てたのである。これは『コリドン』の中で同性愛を正面切って取り上げ、『背徳者』の中で真摯な自己告白を行うジッドにはとうてい受け入れられない考えであった。もう一つプルーストがいったのは、彼は同性愛の中の麗（うるわ）しい部分、美しく優しい要素はことごとく作品中の異性愛のほうに持ち込んだということで、これもジッドを憮然（ぶぜん）とさせるに十分であった。

ジッドは同性愛の美しい側面も含めてそのまま肯定しようとしたのであって、プルーストのように同性愛をおぞましく、グロテスクに描こうとする態度には我慢ならなかったことだろう。ジッドにそのことを指摘されてプルーストは驚いたという。しかし本当のことをいうと、ことはそう簡単ではない。ジッドはこう書いている。「結局、われわれが汚らわしいと考えているもの、嘲笑と嫌悪の対象として考えているものが、彼にとってはさほど忌避すべきものと思われていなかったことがわかった」と。実際、プルーストは作品の中で同性愛を滑稽でおぞましく、グロテスクなものとして描き出している。しかしそれが同性愛を侮辱してそういう態度を取っているのかというと、そうとばかりはいえない。彼はこの滑稽さ、グロテスクの中にある種の感動を見出しているのだ。

　この作品の中では多くの人物が同性愛者であって、ゲルマント大公、サン゠ルー、ヴォグベール侯爵ら貴族の中にも多く見られるし、またニッシム゠ベルナールのようなブルジョワにも見出すことができる。しかし何といっても、まるでホモセクシュアルの記念碑のように作品の中にそびえ立つのはシャルリュス男爵である。彼は仕立て屋ジュピヤンに「丸花蜂が、この蜂だけによって受粉するランの花に近づく」ように関係を持ったあと、今度はモレルと深い関係を結ぶ。シャルリュスによる強引な接近ぶり、強い嫉妬、また若いモレルの打算、そして浮気、彼を監視するシャルリュスの滑稽な行動、ヴェルデュラン夫人による妨害と破綻、決別後も続く執着、そしてモレルに捨てられたジュピヤンの姪（めい）に与えられた庇護（ひご）など、さまざまな滑稽でグロテスクな事件、シャルリュスのエキセントリックな性格を通じて浮かび上がってくるのは、彼の深い愛情なのである。

　プルーストはあるところで蜜蜂は糞（ふん）からでも蜜を集めるといったことがあるが、まさにそれを実践しているといってよいだろう。彼はこうしたサディズム、グロテスク、コミックの中に、あるたぐいない愉悦、感動と真摯さを見出しており、そのことによって、文学史上たぐいのない人物像を作り上げることに成功したのである。

ゲイ文学としての『失われた時を求めて』　ジッドは道徳的にきわめて誠実な人間として真摯な自己告白を実行した。プルーストはこれとはだいぶ異なる。彼は同性愛者として自己の感性を誠実に表現した。それは、単にシャルリュスのような人物を創造したということに尽きるのではなく、作品全体に、同性愛者特有の感性が表現されているということなのではないだろうか。

思うに二十世紀の芸術的な営為はそのきわめて重要な部分が同性愛者によって担われていることは疑いをえない。たとえばプルーストにも強い印象を与えたロシア・バレー団を主宰していたディアギレフが同性愛者であったことは周知の事実である。ルキノ・ヴィスコンティが晩年に撮った映画はいずれも同性愛の雰囲気に色濃く包まれている。あるいは現代のダンサーやデザイナーの中に、そうした人々をたくさん見出すこともできるといわれている。

こうした芸術家たちの作品の中にはある共通の色彩のようなもの、何か非常に輝かしい光を見てとることができるが、それと同じものを『失われた時を求めて』にも見ることができるのである。それは人生に対する一定の態度のようなものであって、意欲するよりは愉悦と愛情を求め、日常生活を一皮めくるととんでもない魅力ある世界が隠れていることを知らせてくれる。これはおそらく、高度な消費社会に特有な感受性であって、そうした輝かしい世界の存在を知らせることができたという点で、十九世紀以前の芸術と一線を画すのである。

恋　愛

『失われた時を求めて』の中で恋愛は非常に大きな位置を占めている。しかも恋愛はいつも不幸なものとして扱われている。というのもプルーストにとって恋とは嫉妬とほとんど同義語だからだ。プルースト的な恋愛にあっては嫉妬によって本当に愛が始まる。いいかえると、嫉妬していないときには愛してはいないのである。

愛はごく些細なきっかけから始まる。スワンにとってオデットは最初好みのタイプではなかった。ただ彼女のようにきれいな女のところで珍しいものを眺めたり、おいしいお茶を出してもらったら楽しいだろうと考えたにすぎない。それが、いつもヴェルデュラン家で会えるのに、その日に限ってちょっとした不手際のために会えなかったので、急に執着を覚えることになったのだ。ここでスワンを逆上させたのは相手の不在である。また語り手にとってアルベルチーヌは花咲く乙女たちのグループの中の目を引く一人にすぎず、それ以上ではなかった。それが彼女に飽きてもう別れようと思っていたさなかにヴァントゥイユ嬢の女友達との関係が発覚し、強い嫉妬を覚えた語り手はこの女友達に会わせないようにするためにアルベルチーヌをパリに連れ帰る。同棲生活に倦(う)み疲れて離別しようとした矢先に彼女の出奔(しゅっぽん)にあい、逆上した語り手は彼女を呼び戻すために全力を注ぐ。

プルースト的な恋愛の原動力は相手を失うかもしれない恐れ、相手が未知の世界で自分の知らない快楽を味わっているかもしれない懸念である。相手の未知の領域に対する深い恐れと関心である。

これは通常の意味でいう恋愛とはだいぶ様相を異にしているかもしれない。普通ならば相手に対する深い共感、時には敬意が相手との深い結び付きを保障すると

プルーストとスタンダール

いうこともあるはずなのに、プルーストにあってはそういうものはまったく問題になっていない。若いときから彼が再三書いていることだが、プルースト的恋愛にあっては相手が優れた資質を持つとか、優しい性格を持つとかいうことは少しも重要ではない。ただ何かの些細なきっかけで相手を失うかもしれないという恐れが恋を発現させるのだ。こういう懸念が恋愛感情に大きな働きをすることは別にプルーストの独創ではない。たとえばスタンダールは著書『恋愛論』の中で、愛の「結晶化作用」が進行していく過程の一段階として、相手を失うかもしれない恐れが、愛情をいっそう募らせると述べている。この理論に基づいて書かれたスタンダールの小説『赤と黒』の中で、戦術家ジュリアン・ソレルは旅立ってしまうふりをして、マチルドを一晩眠らせなかったし、マチルドが冷たくなったあと、彼女の知り合いの夫人に何十通と偽の恋文を書いてマチルドの嫉妬心をあおり、彼女の心を引き戻すのに成功する。

しかしスタンダールにあっては恋の戦術の問題、恋愛の中の一要素として示されているものが、プルーストにおいては恋の根本原因とされている。考えようによってはこうした喪失を恐れる感情だけに基づく恋愛はごく表面的な、浮薄な恋だと見なすことができるかもしれない。実際、アルベルチーヌとの恋愛にあっては、語り手はすぐに彼女に飽きてしまい、嫉妬を抱くときにのみ執着心

を覚えるという、スタンダール的な情熱恋愛からすればまったくだらしない状態に終始する。しかしこれは恋愛心理をその純粋状態で極めようとした結果であり、誰でも心に抱くが、すぐに抑圧してしまう不安をつきつめていけば、こういうふうにしかならないのかもしれない。

こうした倦怠(けんたい)と嫉妬を繰り返す運動は、しかしながら意外な結果を呼び起こすことになる。この繰り返しによって愛の対象がしだいに自己の中に食い込んできて自己の存在の一部、自己と癒着(ゆちゃく)した存在になるのである。実際、アルベルチーヌと語り手の関係は、わが国でいう「情が移った」とか「腐れ縁」といった表現にぴったりの関係である。その結果がどうなったか。彼はアルベルチーヌの口の中に舌を差し入れるとき、この接吻が母との接吻と同じ安らぎ、同じ喜びをもたらすことに気づく。つまりこれまで浮薄に見えていた恋愛が、二人の共有した時間の深まりによって、ついにはプルーストが最も神聖視していた家族愛と同質な一面を持つに至るのだ。ここでもまた作者は愛というものの本質的なところに至ったということができるだろう。

主観の病い

スタンダールとプルーストの比較をもっと続けるならば、『赤と黒』の中では恋愛は「総攻撃」「武器」とか「敵」といった軍事用語でしばしば語られるのに対して、『失われた時を求めて』では「兆候」「がん」「痛み」といった病気の用語でよく語られることは興味深い。実際、プルースト的な恋愛は病気のようなものである。いいかえると、治ってみるとどうしてあれほど苦しんだのかわからなくなる。スワンはオデットへの気持ちが冷めてからは、どうして自分の好みでもない女とこんなに、と思い怪しむ。語り手の場合も同様で、以前あれほど好きだったジルベルトなのに、しばらくたって彼女から招待状をもらっても少しもうれしくない。またかつてはあれほど憧れ、彼女の世界に入り込むことを熱望したゲルマント公爵夫人なのに、アルベルチーヌに夢中となった今は、平気で招待を断ってしまう。そのアルベルチーヌでさえヴェネツィアで彼女のことを思い出す機会が幾つもあったのに、語り手は無関心に終始する。このようにプルースト的恋愛にとって忘却という作用はきわめて重要なものであった。なぜならばそれは愛がまったく主観的な営為であることを示す大きな根拠となるからである。

すでに見たように、プルーストにあっては愛の対象が優れた存在であるかどうかは少しも問題でないのも、愛というものが主体の心の中で生起する内面的なドラマであり、愛の対象はそれを発現させるきっかけにすぎないからである。このような主観主義はプルーストの観念論的な世界観の必然的な帰結である。いいかえると、他者は単なる口実であり、どのような内面を持つのか永久にわからぬ存在なのである。このことが、プルースト的恋愛を困難な、悲劇的なものにしている。

女性の若さを求めて

このような主観主義的な恋愛観からもう一つの帰結が得られる。『失われた時を求めて』の中には、バルベックへの汽車旅行の途中に出会った牛乳売りの娘やピュトビュス夫人の小間使いのように、語り手の想像力を激しく刺激したあとに消え去ってしまう女性がたくさん登場する。これはもともとはボードレールが通りがかりの女性に興味を惹かれる詩を書いたことに淵源を持つ考え方で、プルーストの未知のものに対する強い好奇心を表す例だが、なかでもプルースト的想像力を最も強く刺激するのは娼家に出入りするような尻の軽い女性（ピュトビュス夫人の小間使い、フォルシュヴィル嬢）、あるいはある土地の深い魅力をたたえている女性（ステルマリア嬢、バルベック近郊の村娘たち）などである。こうした女性たちの中には、汽車旅行中の牛乳売りの娘のように、もともとこれ以上発展しようのない例もあり、フォルシュヴィル嬢、ピュトビュス夫人の小間使いのように、もともとは作品中でもっと大きな役割を担うはずだったのが、計画の変更で小さい役割になった例もある。プルーストは当初、草稿の中に多くの若くて魅力のある女性を登場させ、誰を本当の女主人公とするか迷った時期もあった。結果的には作者は何人かの娘のエピソードを鋳つぶして、最終的にアルベルチーヌの中に統合していくことになる。

　プルーストの作品の中には、このように多くの、生まれ育ちの異なった女性がそれぞれ持つ固有の魅力に強く惹かれるという面がある一方、それとは反対に、重要なのは、愛する側の内面生活なのだから、どんな女性と付き合っても結局は同じという考え方も持っていた。草稿の中では二つの考えが共存していたが、作者はあるとき思いついて、最初はさまざまな女性に惹かれていたのが、しだいに主人公が愛するのは個々の女性の個性ではなく、要するに女性の中の若さを愛しているにすぎないという苦い認識に到達するようにした。実際、語り手は、ジルベルト、アルベルチーヌのあとにもパリの庶民の娘を次々に愛して、最後にはこのような認識に至るのである。

(g)　芸術と芸術家

執筆の狙い

『失われた時を求めて』がサント＝ブーヴ批判に起源を持っているということはすでに見た通りだが、サント＝ブーヴ批判の根底には、この高名な批評家がバルザックなりスタンダールといった優れた芸術家の評価を誤ったのはなぜかという思いがある。いいかえれば、プルーストの小説は何よりもまず芸術家とはこういうものであるという芸術家の擁護、そして芸術の擁護として書かれたと理解すべきだろう。実際、『失われた時を求めて』は語り手がさまざまな知的彷徨（ほうこう）を繰り返しながら、芸術家としての覚醒に至るという修行小説（ビルドゥングス・ロマン）として読めることはいうまでもない。そのため、プルーストは作品の要所要所に何人かの芸術家を配していて、最後の啓示に至るまでの周到な準備も行っている。そうして、ここに配されている芸術家たちは、プルーストが芸術家とはこういうものだ、芸術とはこういうものだという、きわめて戦闘的な主張のために持ち出した駒のように使われているのである。

エルスチール

エルスチールはバルベックの近くに住む画家であり、彼の代表作は『カルクチュイ港』である。これはいかにも港らしく、陸と海が入り組んださまを描いたもので、海と思えるところに教会があり、陸と思えるところにマストが見える。つまりここで重視されているのは、事実を表現しようとする意図ではなく、正反対のものを用いてでも、画家の印象を正確に描出しようとする意図である。彼のもう一つの作品『ミス・サクリパンの肖像』も同じような原理に基づいて描かれている。これは男装の麗人を描いていて、モデルはオデットだったといわれる。ここでも反対の性を用いて描写を試みるという一種の倒錯趣味が見られるが、彼の本当の狙いはそうしたテクニックを用いてでも、あるものごとの与える本当の印象、芸術家の内的なビジョンを表現しようとする意志である。語り手はこのようなエルスチールの作品やルノワールの絵によって芸術作品の使命に目覚める。すなわちある一つの作品は人々に今までになかった現実の見方、新しい美を開示することができる、というのである。

ところでこのエルスチールは、以前ビッシュという名でヴェルデュラン家のサロンに出入りしていたことがあり、そのときは太鼓持ちのようにばかげた言動によって人々を笑わせたり（こういうことを実生活でプルースト自身がしていた）、男女の仲の取り持ちまでしていた。のちに優れた現代芸術家となるオクターヴもまた、最初、海辺の少女たちの取り巻きのようなことをして軽んじられていたということがあった。これはいうまでもなく芸術家がどんなに外的生活では浮薄なことをしようとも、内的な生はそれとは別であるし、内的な生の表白である芸術作品とは関係のないことだというプルーストの年来の主張の反映である。ここに『サント゠ブーヴに反論する』の主張が生かされていることはいうまでもない。

ヴァントゥイユ

ヴァントゥイユ氏は田舎町コンブレーのピアノ教師で、つましい生活をしている人物である。ここでもまた彼の外的生活がどんなに平凡でつましいものだとしても、芸術家としての本来の生とは何の関係もないというテーマが現れる。ヴァントゥイユはソナタのほかにもう一つ七重奏曲を残しており、これは草稿の段階にとどまっていたのを、かつて父親を冒瀆(ぼうとく)したことのある娘が罪滅ぼしのようにして完成させたものである。こうしたエピソードを考えたのは、もちろんプルーストにとって傑作を創造することが、心配をかけ続けて死なせた母親に対する何がしかの罪滅ぼしということなのだろう。この曲はソナタと同じモチーフを持っていて、そのテーマが七重奏曲の中で反復されるという特徴を持っている。このことは何でもないように見えるけれど、実はプルーストのある美学に基づいていることなのだ。

すでに見たように、プルーストにとっては芸術作品とは作者の《深層の自我》の表白である。そうだとするならば、ある作家のAという作品は傑作でBという作品は失敗作だということはナンセンスだとプルーストは述べている。どんな作品も作家の中にある何かを引き受けているからである。

さらには、芸術家は生涯のうちに多くの作品を発表することがあるが、それは作家に固有の一つの調べの変奏にすぎない、つまり複数の作品も実は一つの大きな作品の構成要素にすぎないというのがプルーストの考えであった。それならばバルザックの『人間喜劇』やワーグナーの『ニーベルンクの指環』四部作のように、名実ともに一つの大きな作品を作り、一人の登場人物をさまざまな場所に登場させて作品に構成上の厚みを加えたほうがよいことになる。

ヴァントゥイユの二つの曲の中に同一のモチーフが反復して現れることや、バルザックの複数の小説の中に、たとえばヴォートランが姿を変えて次々に登場することにはもっと別の意味もある。プルーストは予想もしなかった場所で、既知の懐かしい存在に出会うことに強い感動を覚える性格であった。そして、そういう現象を無意志的記憶と呼んだ。そこからバルザックやワーグナーに対する彼の高い評価が生まれる。バルザックやワーグナーは単に大作を書いたのではなく、人物再現法やライトモチーフの反復的使用によって、無意志的記憶の歓喜を自己の作品に充満させているのだ。そしていうまでもなく、プルーストはこういう考えに従ってただ一つの大作を書いたのである。

ベルゴット

ベルゴットにまつわるエピソードの中でいちばん重要なのは、フェルメールの『デルフト光景』をパリのジュー・ド・ポーム美術館に見に出かける挿話だろう。この日、彼は体調が良好でないのも構わず、この絵を見に出かけ、タブローの中の黄色い壁面を目にして「こんなふうに自分も書くべきだった。最近の自作はうるおいに乏しい」とつぶやき、そのまま倒れて死んでしまう。

実はこのエピソードは、以前、プルーストがある断片に書いた挿話の焼き直しである。その断片では「私」がオランダで開かれたレンブラントの展覧会を訪れたとき、そこで「死人のような」ラスキンに出会う。これは虚構であって本物のラスキンはこの展覧会には行ってはいないが、このエピソードのいわんとすることは明白である。芸術のためには死をも賭すということだ。なぜなら優れた芸術は個人の死を超えて生き延びるものだからである。

彼はベルゴットの死のエピソードを次のように締めくくっている。

> 彼は永久に消え去ったのだろうか。本当にそんなことが言えるのだろうか。「……」彼は埋葬された。しかし葬式の夜、灯明の光を浴びたガラスケースの中では三冊ずつ並べられた彼の著書が、翼を広げた天使のように、寝ずの番をしていた。並べられた書物は、死者の復活の象徴のように思われた。

このエピソードは語り手が最後の啓示を得るに至るまでの重大なステップとなるだろう。

フェルメール

プルーストは当時、再発見されたばかりの画家フェルメールを非常に好きであったが、この十七世紀のオランダ画家に関する情報がないのを嘆いていた。したがって彼の主著にはあまり大きな影響を与えなかったのではないかと一般にいわれている。めぼしいところでは、コンブレーの教会の描写に当たって『デルフト光景』で用いられた色彩が使われているが、直接的な影響はそのくらいのものだろうか。

しかしこの『デルフト光景』という作品を一瞥（いちべつ）してみれば、この一枚の絵がプルーストにもたらしたものの大きさをはかることができると思う。これはデルフトの町の入り口にある税関とその前に位置する運河を描写した絵にすぎない。この絵には青空に浮かんだ嵐の名残らしい黒雲の見えることが、何がしかロマンチックな印象を与えるだけで、それ以外には何の変哲もない田舎町をただ描いているだけのことなのだ。ところがこの絵には何ともいえない不思議な魅力が漂っている。ベルゴットの注目した強い光を浴びた黄色い壁面ばかりでなく、レンガ作りの建物、町並み、運河沿いにたたずむ人々など、すべてが魅力に輝いている。つまりこの作品の中では、プルーストがラスキンらの教えによって開眼した日常生活の魅力、彼が「コンブレー」の章や、そ

フェルメール『デルフト光景』

の他『失われた時を求めて』全体の中で実現しようとした美学が正確に実行されているのである。ベルゴットは『デルフト光景』を見て、「こんなふうに書くべきだった」というが、プルースト自身は自分が「こんなふうに書いている」と考えて、自ら満足の微笑を禁じえなかったことだろう。

ベルゴットと小娘たち

さらにベルゴットのエピソードの中にはプルーストの自己正当化と見られるエピソードが隠されている。ベルゴットは好んで庶民の娘たちと付き合い、彼女たちに多額の金を与えていたが、これこそプルーストが庶民の青年たちにしていたことである。そうしたことの理由もプルーストははっきり書き込んでいる。「彼は弁解していた。というのも、自分が恋をしているとき以上に創作活動に励むことのできるときはないことをよく知っていたからである。恋、というのはいいすぎで、この肉の中にちょっと埋め込まれた快楽は、文芸創造の仕事を助けてくれる」。これはまさにプルースト自身の体験していたことだ。

彼は恋心の高揚のあと、激しい創作欲の横溢を体験することがしばしばで、一九〇二年のフェヌロンとのオランダ旅行のあと、ある手紙の中で創作欲が湧き上がったと書いているし、またアゴスチネリの事件のあと、作品の大々的な改訂に乗り出したことはすでに述べた。そして彼はアゴスチネリを失ったあとでも、あまり素性のはっきりしない青年たちと付き合ったこともわかっている。プルーストはこうした自己の行為の理由をベルゴットの逸話の中で述べ、自己の正当化を図ったものと思われる。

プルーストがこの作品に求めたもの

『失われた時を求めて』という作品はふつう考えられているように人生を回想し、過去にさかのぼっていく物語というよりは、語り手の人生が時系列に従って進行し、未来に向かって前進していく物語である。そして語り手は人生の中に軌跡を描きながら、さまざまな人生上の価値を体験し、自己の認識を深めていく。語り手は自然、社交界、恋愛といった世界に強い憧れを抱き、そうした世界を夢想したあげく、その中に少しずつ入り込んでいく。そしてそうした世界に幻滅しながら、ついには芸術の世界についての啓示を得る。つまりこの小説は何よりもまず芸術の擁護を最後の目標としているといっていいだろう。さまざまな価値の最高峰に位置するものとしての芸術である。

ただしこの芸術というものはほかの価値とは異なる性格を持っている。芸術とは人生を表象するものだからである。だから『失われた時を求めて』という小説は《認識の発展を遂げていく主人公の人生の物語》であると同時に、《啓示を得て小説家となった語り手が語る作品》でもあるという二重性を持っていることになる。つまり芸術の目を通して語られた人生なのだ。だからここでは語り手が人生上の公式的な主張としては低く見ている価値も、作品の中では非常に美しく描かれているという一種の逆説のようなものが現れることになる。しかしこれはパラドックスでも何でもない。

語り手が実人生の中でもがいているときは、人生は美しくないのだろうか。それもまた美しい。

なぜなら語り手の人生は芸術作品の中で展開しているもの、芸術の目を通して見られた人生だからである。プルーストによれば人生上のいろいろな価値はそれに憧れているときと、それを回想しているとき、つまりある距離を置いたときにいちばん美しいのだが、芸術とはいわばそうした距離を置いて人生を見ることを可能にする装置のようなものなのだ。それはいいかえれば、現実を内的なビジョンによって見るということだろう。

そうして、彼が究極のところで得たビジョンとは次のようなものである。

私が自分の直感にのみ従っていたときは、バルベックのクラゲには嫌悪を感じるだけだった。けれども、ミシュレのひそみにならって、クラゲを博物学的な観点や審美的な観点から眺めるようにしたならば、クラゲの中に素晴らしい花綱状の装飾電球の束が見てとれたことだろう。

このようにしてプルーストは芸術に最高の価値を認めるにしても、芸術を人生から引き離すのではない。そうではなくプルーストにとって芸術の主要な任務は人生の中に隠された未知の魅力を発見することなのである。人生の中の最良のものを明るみに引き出す道具として芸術を考えている。これが人生のさまざまな価値に執着したあげく、人生に根強い不信感を抱いた作者の最終的な結論、人生と芸術に対する最終的な態度であったように思う。

おわりに

プルーストの人生は大いなる苦悩に付きまとわれていた。彼は喘息の持病持ちで、絶えず発作に苦しみ、活動的な人生を送ることができなかった。また友情や愛情に関して極端に気難しかった。そうした困難は、主には、彼と母親との間に解きがたい問題があったためである。関係の病いなのだ。彼の喘息も同性愛も、それが原因だったと考えられる。彼がこの世で最も愛した女性は、また彼を強い絆で縛り付けて、彼の自立を阻害し、彼を損なう人でもあった。

このように彼が人生の中で悶えて生きたあげく、気が付いてみると彼はかなりグロテスクな存在として世間に通っていた。いわくスノッブのユダヤ人で、しかも変態性欲者である。彼は自分がそう見られていることを自覚していたが、真の自己が決してそういうものではないことも知っていた。彼の内部には素晴らしい蜜が流れ、彼が現実を見るときの感動的な目は、人々が彼を見るときのひからびた、偏見に満ちた目とは違っていた。

プルーストはこの自己内部の蜜を人に知らせるには芸術作品という形式を手段とするしかないことを知っていた。彼が『失われた時を求めて』を書いたのは何よりもまず、自己弁明の書としてである。自己の浮薄に見える外皮の内側にはこれだけのものがあるということを人々に知らせたくて書いたのである。自分が真に自己の目で現実を見るとき、現実はこのように見えるということを書いたのだ。自己のすべてを投入した。ということはつまり、彼は自己の表出のために物語という形式を借りただけで、普通の意味で物語を作っていくことにはあまり関心がなくなっていた。プルーストが作り上げた作品は、何よりもまず自己の感官を刺激するもの、自己の魂を揺るがせるものを表出することに重点を置いているから、素材としては自己のあまりパッとしない人生で十分だった。それは物語のようでもありながら、自己主張の評論でもあり、また詩でもあるような作品である。つまり小説でありながら小説ではない作品、小説の可能性を極限にまで広げた作品である。

しかし彼は真の自己を発見していくに当たって、非常に大きな困難を体験しなければならなかった。彼は非常に柔軟で、影響されやすい、カメレオン的でさえある自我を持ち、そのために自己がどういうものなのか、彼自身よくわからなかった。若いときには誰でも多少はそうであるともいえるが、それは消費的な社会で作られやすい自我であるとも考えられる。そしてさまざまな芸術作品に翻弄（ほんろう）されながら、かろうじて自己の世界を発見していった。そのために彼の作品は、きわめて内面的な世界の表白となっていることは事実であるけれど、一方では非常にブッキッシュな性格を持つことになる。いいかえれば、彼の個性は、既成の芸術作品のパッチワークのようにして作られていると考えることもできる。彼のオリジナリティーはレディメイドのものに支えられているといってもよいだろう。だから彼のオリジナリティーは既成の芸術作品の中にわずかながらでも存在しているものを集中的に突き出して作られたのである。彼は世紀末というヨーロッパの文化の洗練が絶頂に達した時代に生きて、そうした文化の達成を最大限に取り込んだあげく、何かこれまでと違うものを自然に作り出してしまったというのが実態なのだ。

芸術の分野で二十世紀の初頭にある種の「解放」が起こったと私は考えている。それはゴッホが何の変哲もない麦畑を真っ黄色に塗りたくり、南仏の星月夜を青色で染めたということである。そうしてマチスが遠くジャポニスムの影響を受けながらすべてを明るい色彩のマスとしてとらえたということである。あるいはディアギレフの率いるロシア・バレー団のはじけるような魅力をたたえた舞台がロンドンとパリで一大センセーションを巻き起こし、ダンサーのニジンスキーが奇跡のように高く飛び上がったということである。そうしたことによって、何が起こったのだろうか。芸術が何か一皮むけた現実を提示した、ということだろう。人間の生きている現実というものは、時には退屈きわまりないものに見えようが、実はちょっと皮をむいてみるだけで、というか、ちょっと視点を変えて現実を見るだけで、光り輝く魅力をたたえているのである。こうした芸術感は、おそらくボードレールあたりにその淵源を持つものであろう。

プルーストはボードレールやフェルメールの、そしてミシュレらの影響を受けて、そういう時代の新たな動きと軌を一にする作品を書いたのである。彼の描く世界は多くの場合、ごく日常的な、田舎での散歩とか、あるいは海辺での避暑生活とかいった、ドラマチックな劇の起こりようのない、ごく退屈な場面がほとんどである。しかし、彼の手にかかると退屈なはずの日常がどれだけ微妙なおかしみや、悲しさ、感動、あるいはサディズムにさえ満ちていることを教えられる。つまりニュアンスに満ちているけれども、まるでフェルメールの『デルフト光景』のあの輝く黄色い壁面のような輝き渡る魅力なのである。それは、繊細であるけれども、時には非常に激しい力をもって迫ってくるようなものなのだ。

しかしおそらく二十世紀は悪をも「解放」したのであって、フロイトによる親殺しの欲望の発見やナチスによる大量殺人など、人間というものがどれだけ邪悪なものを隠し持っているかも明らかにされた時代である。プルーストはフロイトをおそらく知らなかったが、フロイトと同じくらい精神の深みに降りていったドストエフスキーは好んで読んでいた。プルースト自身小規模ではあるけれどもきわめてサディスティックな欲望を持っていた人物で、そういう人間性の暗い側面に無自覚ではなかった。しかしプルーストはパリの世紀末からベル・エポックに自己形成を遂げた人間であり、あまりむき出しの描写はしていない。彼が採用した方法は、ちらっとそうした世界をかいま見させることである。彼はあるところで書いている。グロテスクなものはたくさんではなくて、ちょっと作品の中に盛るべきだ、と。つまり、彼はそうした世界へと至る現実の裂け目を示す程度にとどめたのである（そのあと、セリーヌが悪夢のような世界を描き出すだろう）。

二十世紀というのは、この天国のような日常と、そして恐ろしい現実の裂け目を解き放った時代であったと後世から記憶される時代かもしれない。そうした動きは現在でも続いているように思われる。芸術の世界でもさまざまな輝くような色彩が解放され続けているし、また実生活全般についても高度な消費社会が登場して、人生の愉悦ということを非常に重視する社会になってきている。フランスの世紀末からベル・エポックにかけては物質的に豊かな時代であり、享楽的な消費生活を満喫したわけで、そういう意味で現代の消費社会のさきがけと見なすことができる。しかし人が容易に考えがちなように、消費的な社会というのは、ひたすらオプティミストな社会とはいえない。消費的で、私的な生活にのみかまけているがゆえに、発見されうる美のほかに、かえって露出してくる恐ろしい世界もあるのである。そうした点も含めて「一皮むけた現実」を示したのがプルーストなのである。

あとがき

私事で恐縮だが、これでプルーストと付き合った期間だけはずいぶん長くなる。高校時代に、当時新潮文庫に入っていた一五冊本の『失われた時を求めて』を読了していたし、大学では卒業論文も修士論文もプルーストだった。しかし、今から考えて、プルーストのことをわかっていたかというと、まったく怪しい。自分なりにワカッタ、という気がしたのはフランスに留学してからだ。留学するとすぐに中古の車を買って、最初に出かけたのがイリエである。そうして、この何の変哲もない田舎の村が、大変な魅力を持っていることを発見してしまった。村のはずれにはモンジューヴァンの立派な庭園付きの邸宅があり、タンソンヴィルの白塗りの大きな門の向こうには大きな美しい農家風の屋根が見えた。北に八キロほど行けば、ヴィルボンのおとぎばなしのような城がそびえている。ノルマンディーのカブールにもよく出かけて、夏の夕方にはまだ煌々（こうこう）と照る太陽の日差しを浴びて、空気が金粉をまぶしたように光るさまを見た。ヴェネツィアにも出かけて泣いた。プルーストが描いた通りの現実が実在していたのである。つまりプルーストを手本としてフランスとそうしてイタリアを発見したことになる。しかし本当は逆で、そうした現地の風景によって真に作品を理解したようなところがあるのだ。

ふつうわれわれは、遠い外国の、しかも昔の作品を読むとき、どちらかというと時空を超えた作品の内容、つまり人物たちの情念や作品の思想などに関心を持って読んでいたのではないだろうか。そしてそこに描写されている風景など、感性に訴える内容についてはある程度適当に想像して補っていないだろうか。少なくとも私はそうだったような気がする。ところが作品の中で描写されている現実がどのようなものか如実に見せつけられたとき、そしてそれがたぐいない魅力を持っているとき、当然、作品の理解は違ってくる。

たとえば、恥ずかしながら、私は日本では、印象派の絵というのは、色に輝きがないし、空も曇っているのか晴れているのかわからないようなのが多くてどうも、と思っていたのだが、フランスに行ってすぐわかったことがある。それは印象派というのは、パリ近郊のイール＝ド＝フランス地方の穏やかな、そして弱々しい光の風景を正直に描いただけのことであって、この地の実際がわかれば、何ということもなくワカッテしまうような代物なのである。もちろん作品に込められた抽象的な内容も重要なのだか、現在のようにごく簡単に外国の現実に接することができるようになれば、文学というけっこう抽象度の高い芸術の理解の仕方もおのずと変わってくるだろうし、またそうすることが外国文学の豊かな資産を本当に理解する道と思うのだが、どうだろうか。プルーストのように感覚を最高度に研ぎ澄ますことによって作られた文学の場合にはそのことはとても大事なのではないだろうか。本書では作品を理論的に把握することもかなりしたつもりだが、基本的な姿勢としては、そういうことを考えているのである。

本書の出版に当たっては多くの方のお世話になったが、版元への紹介の労を取られた家永三郎氏、辻旭先生のお名前をここに特に記してお礼を申し上げたい。特に辻先生は、本稿の前半をお読みいただき、貴重なアドバイスを賜わった。また原稿の下読みを引き受けてくれた教え子のみなさんにも感謝する。特に平野徹君の感想には得るものがあった。それから校正の手伝いをしてくれた佐藤美帆さん、ありがとう。最後になったが、出版を引き受けてくださった清水書院の清水肇氏、ならびに出版にまつわる実務を引き受けてくださった村山公章氏に感謝を申し述べる。

一九九七年四月

著　者

プルースト年譜

西暦	年齢	年譜	背景となる参考事項
一八七一		医師アドリヤン・プルーストとジャンヌ・ヴェイユの子供として、オートゥイユのラフォンテーヌ街九六番地に生まれる。	普仏戦争でフランス、プロシャに敗れる。 パリ・コンミューン。第三共和制始まる（〜一九四〇）。
一八七三	2	弟ロベールの誕生。一家はロワ街八番地のアパートを出てマルゼルブ大通り九番地に転居。	ランボー『地獄の季節』
一八七六			マラルメ『牧神の午後』
一八七八	7	イリエでのバカンス。	ゾラ『居酒屋』
一八八一	10	最初の喘息の発作。パープ・カルパンチエ学院に級友のジャック・ビゼーらと通う。	ヴェルレーヌ『叡知』
一八八二	11	コンドルセ高等中学に入学。病気がちで欠席多い。	アミエル『日記』（〜八四）
一八八四			ユイスマンス『さかしま』
一八八六	15	エリザベート伯母の死。オーギュスタン・ティエリの年。	リラダン『未来のイヴ』

年	年齢	事項	作品
一八八七	16	シャンゼリゼでよく遊ぶ。	ロチ『お菊さん』
一八八八	17	ジャック・ビゼーとダニエル・アレヴィに宛てた手紙に最初の同性愛のきざしが現れる。「緑色評論」「リラ評論」に参加。	モーパッサン『ピエールとジャン』
一八八九	18	バカロレア合格。兵役を志願してオルレアンに配属。	
一八九〇	19	祖母の死。兵役を終え、パリ大学法学部に登録。	ルナン『科学の未来』
一八九二	21	雑誌「饗宴」に参加。	ローデンバッハ『死都ブリュージュ』
一八九三	22	マドレーヌ・ルメール、ロベール・ド・モンテスキューと知り合う。「ルヴュ・ブランシュ」に寄稿。	メーテルリンク『ペレアスとメリザンド』上演
一八九四	23	レイナルド・アーンと知り合う。彼とともにレヴェイヨンの城に滞在。	フランス『エピキュールの園』
一八九五	24	レイナルドとともにブルターニュに滞在。『ジャン・サントゥイユ』の執筆を始める。マザリーヌ図書館の無給司書となるが一度も仕事をせずに終わる。	ヴァレリー『レオナルド・ダヴィンチ方法序説』
一八九六	25	『楽しみと日々』を出版。リュシアン・ドーデとの友情を深める。マリー・ノードリンガーと知り合う。	フランス『現代史』(〜一九〇一)
一八九七	26	ジャン・ロランと決闘。	バレス『根こそぎにされた人々』

一八九八	27	アナトール・フランスからドレフュスとピカール擁護の署名をもらう。ゾラ裁判を傍聴。プルースト夫人、がんの手術。プルースト、アムステルダムへレンブラント展を見に旅行。	ジャム『曙のアンジェリスから夕べのアンジェリスまで』
一八九九	28	ロベール・ド・ビイからエミール・マールの『フランス十三世紀の宗教芸術』を借りる。アントワーヌ・ビベスコ、ベルトラン・ド・フェヌロンと知り合う。『アミアンの聖書』の翻訳に着手。	ドレフュス特赦さる。
一九〇〇	29	ルアン訪問。ラスキンの追悼記事、ラスキン研究を発表。母とヴェネツィア訪問。旅先でレイナルド・アーン、マリー・ノードリンガーらと会う。この年にはもう一度ヴェネツィアを訪れている。クールセル街四五番地に転居。	コレット『クローディーヌ物語』(〜〇三) ミルボー『小間使いの日記』
一九〇一	30	社交の夕べ多い。レオン・イートマンとともにアミアン訪問。ビベスコ、フェヌロンと頻繁に会う。	ノワイユ夫人『無数の心』
一九〇二	31	フェヌロン、ビベスコとともに『トリスタンとイゾルデ』を聴く。ラリュ、ヴェベールでの晩餐会多い。フェヌロンとともにブリュージュに行き、フランドル派展を見る。アントワープ、ロッテルダム、アムステルダムに足を伸ばす。途中ハールレムでフランス・ハルスを、デン・ハ	レニェ『水の都』 ジッド『背徳者』

		ーグではフェルメールの『デルフト光景』を見ることができた。フロマンタンの『昔の巨匠たち』をガイドブック代わりにする。エミール・ガレに会い、フェルナン・グレーグの結婚のお祝いを注文する。	
一九〇三	32	弟ロベールがマルト・デュボワ＝アミヨと結婚。ローリス、ビベスコ兄弟らと自動車旅行、ラン、サンリス、クーシー・ル・シャトーなどを訪れる。このころルイ・ダルビュフラとその愛人ルイザ・ド・モルナンにしばしば会う。ブルゴーニュ地方、ブルーの教会とボーヌの施療院を訪れる。プルースト博士死去。遺体はペール・ラシェーズ墓地に葬られる。	ジャム『野兎物語』 ロラン『ベートーヴェンの生涯』
一九〇四	33	マリー・ノードリンガーに注文して、墓地に飾るプルースト博士の胸像メダルを作ってもらう。ポール・ミラボーの所有するヨットに乗り、ノルマンディー、ブルターニュの海岸地方を航行。	日露戦争 チェーホフ『桜の園』 ロラン『ジャン・クリストフ』
一九〇五	34	ホウィッスラーの展覧会を見る。プルースト夫人死去。プルースト、ブーローニュの近くのソリエ医師の病院に入院して療養。	ペギー『われらの祖国』
一九〇六	35	『胡麻と百合』翻訳の出版。ヴェルサイユのホテル、レゼ	レニエ『ヴェネツィア風物

年	年齢	事項	文学
		ルヴォワールに長期間滞在する。オスマン大通り一〇二番地に転居。	誌』 クローデル『真昼に分かつ』
一九〇七	36	「フィガロ」紙に「親殺しの孝心」を発表。また八月にはカブールのグランド・ホテルに滞在し、車で周囲の教会を見て回る（カブールには一九一四年まで滞在）。	ベルクソン『創造的進化』
一九〇八	37	「フィガロ」紙にバルザックらの模作を発表し始める。創作活動に本格的に着手。	バルビュス『地獄』 メーテルリンク『青い鳥』
一九〇九	38	ロシア・バレー団の公演を見る。小説『サント゠ブーヴに反論する――ある朝の思い出』を完成しつつあるが、出版社を見つけられない。	ジッド『狭き門』
一九一〇	39	ジャン・コクトーと知り合う。	クローデル『五大賛歌』
一九一一	40	創作に没頭し、何も発表しない。	フランス『神々は渇く』
一九一二	41	オディロン・アルバレの運転する車で、リュエイユに満開のりんごの花を見にいく。メルキュール・ド・フランス、NRF、オランドルフなどに出版を拒否される。	クローデル『マリアへのお告げ』 リヴィエール『エチュード』
一九一三	42	アゴスチネリ、愛人のアンナとともにプルースト家に住み	アポリネール『アンコール』

		込む。セレスト・アルバレ、プルースト家に住み込みで仕え始める。『スワン家の方へ』がグラッセ社から出版される。アゴスチネリのニースへの逃亡、彼を呼び戻すためにアルベール・ナミアスを派遣。	アラン＝フルニエ『モーヌの大将』 ラルボー『バルナブースの日記』
一九一四	43	ジッド、プルーストに謝罪の手紙。アゴスチネリ、練習機が墜落して溺死。	第一次世界大戦勃発。 ジッド『法王庁の抜け穴』
一九一五	44	ベルトラン・ド・フェヌロンの戦死が確認される。	
一九一六	45	アルベール・ル・キュジャの経営する曖昧宿に出入りする。	バルビュス『砲火』
一九一七	46	ホテル・リッツにしばしば出入りし、ポール・モーラン、婚約者のスーゾ公女に会う。	ロシア革命
一九一八	47	出版社をNRFに移すためグラッセとの厄介な交渉。	第一次世界大戦終結。 コクトー『ポトマック』
一九一九	48	ローラン＝ピシャ街八の二に四か月滞在したあと、アムラン街四四番地に転居。『花咲く乙女たちの蔭に』が『模写と雑録』とともにNRFから出版される。ゴンクール賞を受賞。	ドルジュレス『木の十字架』 ジッド『田園交響楽』
一九二〇	49	『ゲルマントの方』I出版。ブルメンタール賞の選考委員に選ばれたプルーストはこの賞をジャック・リヴィエールに与えることに成功。	コレット『シェリ』 ブルトン、スーポー『磁場』
一九二一	50	『ゲルマントの方』II、『ソドムとゴモラ』I出版。オラン	アラゴン『アニセ、あるい

		ダ絵画展にジャン＝ルイ・ボドワイエとともに出かけ、『デルフト光景』に再会する。	はパノラマ』、ジロードゥー『シュザンヌと太平洋』
一九二二	51	『ソドムとゴモラ』II出版。医師たちの治療を拒みながら死去。遺体は両親の眠るペール・ラシェーズ墓地に葬られた。	モーラン『夜ひらく』 デュ・ガール『チボー家の人々』(〜四〇)
一九二三		『囚われの女』出版。	ラディゲ『肉体の悪魔』
一九二五		『消え去ったアルベルチーヌ』出版。	
一九二七		『見いだされた時』出版。	

参考文献

●プルーストの作品

『失われた時を求めて』井上究一郎訳、プルースト全集（筑摩書房版）一―一〇（一九八四―一九八九）［筑摩文庫版もあり］

『失われた時を求めて』鈴木道彦訳、集英社（刊行中）

『ジャン・サントゥイユ』鈴木道彦、保苅瑞穂訳、プルースト全集一一―一三（一九八四―一九八五）

『楽しみと日々』岩崎力訳、プルースト全集一一（一九八四）

『評論集』平岡篤頼、吉川一義他訳、プルースト全集一四、一五（一九八六）

『書簡』吉田城、牛場暁夫、徳田陽彦他訳、プルースト全集一六、一七（一九八九―一九九三）

『プルースト・母との書簡』フィリップ・コルブ編、権寧訳、紀伊国屋書店（一九七四）

『プルースト文芸評論』鈴木道彦訳編、筑摩叢書（一九七七）

プルースト＝ラスキン『胡麻と百合』吉田城訳、筑摩書房（一九九〇）［『胡麻と百合』の仏訳につけたプルーストのおびただしい注を邦訳したもの］

●研究書（モノグラフィー）

阿部宏慈『プルースト・距離の詩学』平凡社（一九九三）
セレスト・アルバレ『ムッシュウ・プルースト』三輪秀彦訳、早川書房（一九七七）
井上究一郎『幾夜寝覚』新潮社（一九九〇）
井上究一郎『かくも長い時にわたって』筑摩書房（一九九一）
石木隆治『マルセル・プルーストのオランダへの旅』青弓社（一九八八）
海野弘『プルーストの部屋』中央公論社（一九九三）
木下長宏『舌の上のプルースト』NTT出版（一九九六）
久野誠『プルーストの言語批評』駿河台出版（一九八〇）
鈴木道彦『プルースト論考』筑摩書房（一九八五）
ジル・ドゥルーズ『プルーストとシーニュ』宇波彰訳、法政大学出版会（一九七四）
原田武『プルーストと同性愛の世界』せりか書房（一九九六）
シャルル・ブロンデル『プルースト』吉倉範光、藤井春吉訳、みすず書房（一九五九）
ジョージ・D・ペインター『マルセル・プルースト――伝記』岩崎力訳、全二巻、筑摩書房（一九七一―七

二）
ジョルジュ・プーレ『プルースト的空間』山路昭、小副川明訳、国文社（一九七五）
サミュエル・ベケット『プルースト』大貫三郎訳、せりか書房（一九七〇）

保苅瑞穂『プルースト・印象と隠喩』筑摩書房（一九八二）
ジャン・ムートン『プルースト』保苅瑞穂訳、ヨルダン社（一九七六）
クロード・モーリヤック『プルースト』井上究一郎訳、人文書院（一九五七）
アンドレ・モーロワ『プルーストを求めて』井上究一郎、平井啓之訳、筑摩書房（一九七二）
吉田城『失われた時を求めて・草稿研究』平凡社（一九九三）
吉田城『対話と肖像、プルースト青年期の手紙を読む』青山社（一九九四）
吉田城『神経症者のいる文学』名古屋大学出版会（一九九六）

●その他
井上究一郎『忘れられたページ』筑摩書房（一九七一）
井上究一郎『ガリマールの家』筑摩書房（一九八〇）
岩崎力『ヴァルボワまで』雪華社（一九八五）
エドモンド・ウィルソン『アクセルの城』大貫三郎訳、せりか書房（一九六八）
クルチウス『現代ヨーロッパに於けるフランス精神』大野俊一訳、生活社（一九四四）
清水徹『書物の夢　夢の書物』筑摩書房（一九八四）
平井啓之『文学と疎外』竹内書店（一九六九）
平井啓之『ランボォからサルトルへ』清水引文堂書房（一九六八）

ジョルジュ・プーレ『人間的時間の研究』井上究一郎他訳、筑摩書房（一九六九）
クロード・エドモンド・マニー『現代フランス小説史』佐藤朔他訳、白水社（一九六五）
「プルウスト研究」I―IV、作品社（一九三四）（復刻版、大空社、一九八五）
「ユリイカ・特集プルースト、現代文学の原点」（一九七六・七）
「ユリイカ臨時増刊　総特集＝プルースト」（一九八七・一二）

（以上、日本語で読めるもので、比較的手に入りやすいものに限った）

さくいん

【人 名】

【地　名】

プルースト■人と思想127　　定価はカバーに表示

1997年8月22日　第1刷発行©
2016年8月25日　新装版第1刷発行©

・著　者 ……………………… 石木（いしき）　隆治（たかはる）
・発行者 ……………………… 渡部　哲治
・印刷所 ……………………… 広研印刷株式会社
・発行所 ……………………… 株式会社　清水書院

〒102-0072　東京都千代田区飯田橋3-11-6
Tel・03(5213)7151～7
振替口座・00130-3-5283
http://www.shimizushoin.co.jp

検印省略
落丁本・乱丁本は
おとりかえします。

CenturyBooks　　Printed in Japan
ISBN978-4-389-42127-4

CenturyBooks

清水書院の〝センチュリーブックス〟発刊のことば

近年の科学技術の発達は、まことに目覚ましいものがあります。月世界への旅行も、近い将来のこととして、夢ではなくなりました。しかし、一方、人間性は疎外され、文化も、商品化されようとしていることも、否定できません。

いま、人間性の回復をはかり、先人の遺した偉大な文化を継承して、高貴な精神の城を守り、明日への創造に資することは、今世紀に生きる私たちの、重大な責務であると信じます。

私たちがここに、「センチュリーブックス」を刊行いたしますのは、人間形成期にある学生・生徒の諸君、職場にある若い世代に精神の糧を提供し、この責任の一端を果したいためであります。

ここに読者諸氏の豊かな人間性を讃えつつご愛読を願います。

一九六七年

清水棲山

SHIMIZU SHOIN

【人と思想】 既刊本

老子	高橋　進
孔子	内野熊一郎他
ソクラテス	中野　幸次
釈迦	副島　正光
プラトン	中野　幸次
アリストテレス	堀田　彰
イエス	八木　誠一
親鸞	古田　武彦
ルター	小牧　治・泉谷周三郎
カルヴァン	渡辺　信夫
デカルト	伊藤　勝彦
パスカル	小松　摂郎
ロック	浜林正夫他
ルソー	中里　良二
カント	小牧　治
ベンサム	山田　英世
ヘーゲル	澤田　章
J・S・ミル	菊川　忠夫
キルケゴール	工藤　綏夫
マルクス	小牧　治
福沢諭吉	鹿野　政直
ニーチェ	工藤　綏夫
J・デューイ	山田　英世
フロイト	鈴村　金彌
内村鑑三	関根　正雄
ロマン=ロラン	村上　嘉隆・村上　益子
孫文	横山　英・中山　義弘
ガンジー	坂本　徳松
レーニン	中野　徹三・高岡健次郎
ラッセル	金子　光男
シュバイツァー	泉谷周三郎
ネルー	中村　平治
毛沢東	宇野　重昭
サルトル	村上　嘉隆
ハイデッガー	新井　恵雄
ヤスパース	宇都宮芳明
孟子	加賀　栄治
荘子	鈴木　修次
アウグスティヌス	宮谷　宣史
トーマス・マン	村田　經和
シラー	内藤　克彦
道元	山折　哲雄
ベーコン	石井　栄一
マザーテレサ	和田　町子
中江藤樹	渡部　武
ブルトマン	笠井　恵二
本居宣長	本山　幸彦
佐久間象山	奈良本辰也・左方　郁子
ホッブズ	田中　浩
田中正造	布川　清司
幸徳秋水	絲屋　寿雄
スタンダール	鈴木昭一郎
和辻哲郎	小牧　治
マキアヴェリ	西村　貞二
河上肇	山田　洸
アルチュセール	今村　仁司
杜甫	鈴木　修次
スピノザ	工藤　喜作
ユング	林　道義
フロム	安田　一郎
マイネッケ	西村　貞二
エラスムス	斎藤　美洲
パウロ	八木　誠一
ブレヒト	岩淵　達治
ダンテ	野上　素一
ダーウィン	江上　生子
ゲーテ	星野　慎一
ヴィクトル=ユゴー	辻　昶・丸岡　高弘
トインビー	吉沢　五郎
フォイエルバッハ	宇都宮芳明

平塚らいてう	小林登美枝
フッサール	加藤精司
ゾラ	尾崎和郎
ボーヴォワール	村上益子
カール=バルト	大島末男
ウィトゲンシュタイン	岡田雅勝
ショーペンハウアー	遠山義孝
マックス=ヴェーバー	住谷一彦他
D・H・ロレンス	倉持三郎
ヒューム	泉谷周三郎
シェイクスピア	福田陸太郎 菊川倫子
ドストエフスキイ	井桁貞義
エピクロスとストア	堀田彰
アダム=スミス	浜林正夫 鈴木亮
ポパー	川村仁也
フンボルト	西村貞二
白楽天	花房英樹
ベンヤミン	村上隆夫
ヘッセ	井手賁夫
フィヒテ	福吉勝男
大杉栄	高野澄
ボンヘッファー	村上伸
ケインズ	浅野栄一
エドガー=A=ポー	佐渡谷重信
ウェスレー	野呂芳男
レヴィ=ストロース	吉田禎吾他
ブルクハルト	西村貞二
ハイゼンベルク	小出昭一郎
ヴァレリー	山田直
プランク	高田誠二
ラヴォアジエ	中川鶴太郎
T・S・エリオット	徳永暢三
シュトルム	宮内芳明
マーティン=L=キング	梶原寿
ペスタロッチ	長尾十三二 福田弘
玄奘	三友量順
ヴェーユ	冨原眞弓
ホルクハイマー	小牧治
サン=テグジュペリ	稲垣直樹
西光万吉	師岡佑行
ヴァイツゼッカー	加藤常昭
メルロ=ポンティ	村上隆夫
オリゲネス	小高毅
トマス=アクィナス	稲垣良典
ファラデーと マクスウェル	後藤憲一
津田梅子	古木宜志子
シュニッツラー	岩淵達治
タゴール	丹羽京子
カステリョ	出村彰
ヴェルレーヌ	野内良三
コルベ	川下勝
ドゥルーズ	鈴木亨
「白バラ」	関楠生
リジュのテレーズ	菊地多嘉子
リッター	西村貞二
プルースト	石木隆治
ブロンテ姉妹	青山誠子
ツェラーン	森治
ムッソリーニ	木村裕主
モーパッサン	村松定史
大乗仏教の思想	副島正光
解放の神学	梶原寿
ミルトン	新井明
ティリッヒ	大島末男
神谷美恵子	江尻美穂子
レイチェル=カーソン	太田哲男
オルテガ	渡辺修
アレクサンドル=デュマ	辻昶 稲垣直樹
西行	渡部治
ジョルジュ=サンド	坂本千代
マリア	吉山登

ラス=カサス	染田秀藤
吉田松陰	高橋文博
パステルナーク	前木祥子
パース	岡田雅勝
南極のスコット	中田修
アドルノ	小牧治
良寛	山崎昇
グーテンベルク	戸叶勝也
ハイネ	一條正雄
トマス=ハーディ	倉持三郎
古代イスラエルの預言者たち	木田献一
シオドア=ドライサー	岩元巌
ナイチンゲール	小玉香津子
ザビエル	尾原悟
ラーマクリシュナ	堀内みどり
フーコー	今村仁司 栗原仁
トニ=モリスン	吉田廸子
悲劇と福音	佐藤研
リルケ	星野慎一 小磯仁
トルストイ	八島雅彦
ミリンダ王	森祖道 浪花宣明
フレーベル	小笠原道雄
ヴェーダからウパニシャッドへ	針貝邦生
ベルイマン	小松弘
アルベール=カミュ	井上正
バルザック	高山鉄男
モンテーニュ	大久保康明
ミュッセ	野内良三
ヘルダリーン	小磯仁
チェスタトン	山形和美
キケロー	角田幸彦
紫式部	沢田正子
デリダ	上利博規
ハーバーマス	小牧治 村上隆夫
三木清	永野基綱
グロティウス	柳原正治
シャンカラ	島岩
ハンナ=アーレント	太田哲男
ミダース王	西澤龍生
ビスマルク	加納邦光
オパーリン	江上生子
アッシジのフランチェスコ	川下勝
スタール夫人	佐藤夏生
セネカ	角田幸彦
ペテロ	川島貞雄
ジョン・スタインベック	中山喜代市
漢の武帝	永田英正
アンデルセン	安達忠夫
ライプニッツ	酒井潔
アメリゴ=ヴェスプッチ	篠原愛人
陸奥宗光	安岡昭男